あやかし薬膳カフェ「おおかみ」2

森原すみれ Sumire Morihara

アルファポリス文庫

https://www.alphapolis.co.jp/

プロローグ

――大丈夫、大丈夫。少しだけ辛抱しようね。

亡き祖母の言葉を借りながら、黒い獣の前足を捕らえた罠にそっと手をかける。

ぐ、ぐ、と何度か力を込めるも、鉄製のそれはびくともしなかった。

目の前の獣がこちらを見つめる。眼光は鋭いながらも、その瞳の奥にはこちらを気遣う優しさが滲んでいた。

そんな獣ににこっと笑顔を向け、少女は今一度、罠を掴んだ手に力を込める。

絶対に諦めない。大好きな祖母が今まで守ってきた森のみんなを、今度は自分が守ってみせる。

次の瞬間、金具の弾けるガシャンという音と同時に、獣は罠から解放された。

安堵の息を吐いた少女は、急いで辺りに生えていたヨモギの葉を摘み取り、手中で細かくすり潰していく。

——これはね、魔法の薬草だよ。

——これであなたのこのケガも、きっとすぐによくなるからね。

罠で負傷した獣の前足にすり潰したヨモギの葉をそっと当てていく。

一瞬ぴくっと三角耳を揺らした獣も、大人しく少女の手当てを受け入れてくれるようだった。

よかった。ほっと胸を撫で下ろした瞬間、ふと何かの気配を感じ少女は背後に視線を向ける。

鬱蒼とした森の奥。

小高い丘の上に一瞬だけ、金色の影が揺れた気がした。

「……で、また二十一年前の夢を見たのか」

朝食後、ココアを淹れたマグカップが、ダイニングテーブルに仲睦まじげに並ぶ。

対面の席に座る人物の言葉に、桜良日鞠は笑顔で頷いた。

「そうなんです。狼姿の孝太朗さんと、幼い私が出逢ったときの夢。もうこれで五回目でしょうか」

幸せそうに目を細めながら、日鞠は甘い湯気が立つココアに口をつける。

そんな彼女を、マグカップを片手にした大神（おおかみ）孝太朗はどこか呆れたように見つめていた。

「最近は特に鮮明（せんめい）に思い出されて、見るのが少し楽しみなんです。まだ可愛い小犬みたいだった孝太朗さんにも、夢の中でなら会うことができますしね」

「お前も物好きな奴だな」

短いあくびを漏（も）らした孝太朗が、カップに残ったココアを飲み干し、シンクに下げる。

「先に洗面台を使う。皿洗いは俺がやるから、そのまま置いておけ」

「わかりました。お言葉に甘えますね」

「それと、日鞠」

はい、と答えるよりも早く、孝太朗の手が日鞠の口元に伸びてきた。

少し硬いその指先が触れたのは、日鞠の唇の真横だ。

驚きに目を見開く日鞠に対して、孝太朗の指先は名残惜（なごりお）しむ様子もなく離れていった。

「え、と。孝太朗さん？」

「ここんとこに、さっき食べたトーストのハチミツがついていた」

ハチミツ。確かに今日の朝食は、ハチミツトーストにスープとサラダだった。

「す、すみませんっ。ありがとうございます」

「ああ」

孝太朗の口元に、柔らかな微笑(ほほえ)みが浮かぶ。

その表情に見惚(みと)れている間に、孝太朗は静かに洗面台のほうへと消えていった。

残された日鞠はしばらく呆けたあと、両手をそっと頬(ほお)に押し当てる。

じわじわと赤くなっていく頬(ほお)は、ココアで温まっていたはずの手のひらよりもよほど熱い。

「もう……照れるな照れるな」

吐息に似た小声で、日鞠は独りごちる。

あまり大きな声だと、手洗い場の孝太朗の耳に容易に届いてしまう。

孝太朗の耳ならば、日鞠の声を聞き取ることなど造作(ぞうさ)もないだろう。

あやかしの――狼の血を引く、彼にとっては。

日鞠がこの店舗兼住居の二階に住みついて、もうすぐ半年が経つ。

階段の先にある扉を開けば、広がるのはファミリー向けのゆったりした居住空間だ。

扉から続く廊下の左側には浴室、手洗い、キッチン、物置部屋になっている一室が並ぶ。

ほどよくゆとりがあるキッチンは、テーブルと四脚のイスが並ぶダイニングスペースも兼ねている。

　向かって右側には二つの個室があり、奥の洋室が日鞠に与えられた部屋で、手前の和室は日鞠よりも先に居住していた同居人の部屋だ。

日鞠と生活を共にする、大神孝太朗。

薬膳(やくぜん)カフェの店長にして、狼のあやかしの血を引き、この地のあやかしたちを治める山神の地位の継承者。

そんな一癖も二癖もある彼と日鞠が紆余曲折(うよきょくせつ)の末に想いを通わせ、早三ヶ月が経とうとしていた。

第一話　十月、橋姫と縁切りの橋

北海道の夏は短い。

八月末を境に下がっていった気温は、どの上着を着るかを日々吟味するまでになっていた。

さすが日本の北端に位置する北海道。春先まで住んでいた東京とはまるで違う。

脇道の木々が柔らかな風に吹かれ、秋の足音が聞こえてきそうだった。

「ご馳走さま、日鞠ちゃん」

「また来るわね」

「はい。いつもありがとうございます」

店をあとにする二人組の女性客を、日鞠は外まで見送った。

満ち足りた様子で手を振る二人の姿に、日鞠も自然と笑みがこぼれる。

「昼休憩の時間だな。扉にＣＬＯＳＥの札をかけておけ」

「了解です。今日のランチタイムも無事終了しましたね」

厨房から店先に出てきた孝太朗に頷いたあと、日鞠は空に向かってぐーっと腕を伸ばした。

薬膳カフェ「おおかみ」。

北広島駅から徒歩三分の場所にある、知る人ぞ知る個人経営のカフェ。

そして今年の春、精神的にボロボロだった日鞠を迎え入れてくれた新しい家だ。

幼い頃のおぼろげな記憶を頼りにやってきた、北海道北広島市。

自然豊かな街の空気を目一杯に吸い込み、日鞠は美しい青空を見上げる。

「空が高くなりましたね。秋だからでしょうか？」

「秋は大陸から乾いた空気が流れ込んでくるからな」

日鞠の隣に立つ孝太朗も、同じように空を見上げた。

「大陸からの乾燥した空気は、空が青く見えやすい。春と違って塵やほこりなんかの不純物も少ない分、より青々と高く映る」

「そうなんですか。さすが孝太朗さんは物知りですね」

日鞠は感心しながら、隣の孝太朗を見上げる。

横顔からでもわかる、凜とした強い眼差し。

寝起きのときは無造作に広がっていた黒髪も今は落ち着いて、日の光に艶めいている。

黒のシャツを着て深緑のエプロンを腰に巻いた佇まいに、日鞠の心臓は静かに高鳴った。

本当に綺麗な人だな。日鞠は内心でそっと呟く。

「戻るぞ。昼のまかないの時間だ」

「はい。そうですね」

孝太朗に続き、日鞠もカフェ店内へと戻った。

このカフェには、四人用ソファー席と二人用ソファー席が各二ヶ所、ハイチェアのカウンター席が窓際と厨房(ちゅうぼう)前に四席ずつ用意されている。

カフェを訪れた客人を見守るように、至るところに置かれているのは観葉植物だ。

夏はすべて緑色だったが、今は秋らしく色づいたものや赤い実をつけたものもある。

店内でも感じられる季節の移ろいに顔を綻(ほころ)ばせていると、食欲をそそる香りが鼻腔(びこう)をくすぐった。

「今日は季節のパスタセットだ。豆腐サラダは試食も兼ねているから、あとで感想を頼む」

「ありがとうございます。いただきます」

日鞠が手を合わせた瞬間、ＣＬＯＳＥの札がかかった扉が開く。

「御免くださいませ！」

昼休憩のこの時間にカフェを訪れるのは、人間とは別のお客だ。

「いつもお世話になっております、孝太朗どの、日鞠どの！　本日も作りたてのお豆腐をお届けに上がりました！」

「わ。豆ちゃん、こんにちは」

扉から姿を見せたのは、一見幼稚園児と思える背丈の愛らしい少年だ。

瞳はくりくりと大きく、水色の着物をまとい、頭に大きなわら傘を載せている。

常に手に持つ小さな盆には、紅葉印の豆腐が瑞々しく揺れていた。

『豆腐小僧』の名の所以だ。

「いいところに来てくれたね。今ちょうど、新作の豆腐サラダをいただくところだったんだよ」

「なななんと！　それは真にございますかっ！」

艶やかな白い肌の豆腐小僧が、頬を桃色に染める。

豆腐サラダは新しく開発された豆腐に合わせ、野菜やドレッシングの内容もがらりと変更したらしい。

しばらく感動の舞を披露していた豆腐小僧だったが、はっと我に返ったかと思うと、素早く遠い席の後ろへと身を隠した。

「豆ちゃん？　どうしたの？」

「そんな時分に立ち会わせていただけるとは、ありがたき幸せ……わたくしは決して邪魔にならぬようこうして身を隠しておりますゆえ、日鞠どのはどうぞご試食なさってくださいませ！」

「遠くから凝視されるほうがよほど気が散るだろ」

「そうだよ。豆ちゃんもこちらの席にどうぞ」

「よ、よろしいのですか……？」

大きな目を瞬かせながら、豆腐小僧はおずおずと日鞠たちのほうに寄ってくる。

「それじゃあ、いただきます」

両手を合わせたあと、日鞠は器に盛られた豆腐サラダにフォークを差し込み、そっと頬張った。

さつまいも、しいたけなどの秋の食材が加わったサラダの深い味わい。それを優しく包むように、豆腐のコクが口内に広がっていく。

「わあ、今までのお豆腐よりもコクがありますね。秋野菜の風味もいっぱいに味わえて、とっても美味しいです！」

「俺が作ったからな」

「そうですね！　そうでしょうとも！　さすがは我らが孝太朗どのですっ！」

「サラダを作ったのは俺だが、豆腐を作ったのはお前だろ。豆腐小僧」

前のめり気味に声を上げる豆腐小僧は、背後からかかった孝太朗の声にはっと振り返る。

「このサラダのレシピは、この豆腐専用だ。お前の新作の豆腐がなけりゃ、この味は出せねえからな」

「……はい！　今後も誠心誠意、お豆腐を作らせていただきます！」

ピシッと背筋を伸ばした豆腐小僧の姿からは喜びが溢れていて、日鞠も胸が温かくなる。

そう。このカフェを訪れる者は人間だけではない。

昼休みの時間帯にだけひっそりとやってくる人ならざる者——あやかしたちにとっても、薬膳カフェ「おおかみ」は癒やしと憩いの場なのだ。

「あれ、豆ちゃん。その胸元に差し込まれているのは、もしかしてお手紙かな」

「あ……」

豆腐小僧の胸元で重なる水色の着物から、ちょこんと白い紙の角のようなものが見え隠れしていた。

街中のあやかしのご用聞きとして動き回っている少年だ。手紙の一枚や二枚頼まれていてもおかしくはない。

しかし、日鞠の言葉を受けた豆腐小僧は顔を曇らせた。

「豆ちゃん？　どうかしたの？」

「ううう……じ、実はそのう。こちらの手紙は、とあるあやかしの方より預かった、孝太朗どの宛の手紙なのですが」

「あ、そうだったんだね。孝太朗さん。豆ちゃんがお手紙を預かっているそうです」

日鞠は厨房に戻りかけていた孝太朗を引き止める。

目の前に立った孝太朗に対し、豆腐小僧はなおも悩ましげなうなり声を上げていた。

「おい。うなるだけなら厨房に戻るが」

「まあまあ。豆ちゃん、何か困ったことでもあったの？　私たちでよければお話を聞くよ」

「うううううう。実はわたくし自身、この手紙をお渡しするべきなのか、判断がつきかねておりまして」

「問題ない。受け取ったあとの判断は俺自身が下す」

短く告げられ、豆腐小僧はぱっと顔を上げた。意を決したように口元を引き締め、胸元の白い封筒を手に取る。

「孝太朗どの。こちら、街外れに棲んでいらっしゃる橋姫・凜姫からの手紙にございます……！」

「なあるほど。それで豆腐小僧の坊ちゃんが、あんなに心配そうに見送ってたんだねえ」

孝太朗の運転する自動車が、見慣れない街の脇道を進んでいく。

そんな中、薬膳(やくぜん)カフェの同僚である穂村類(ほむらるい)は、のんびりした口調で笑った。

午後から出勤予定だった類を、孝太朗が道の途中でピックアップしたのだ。

「なるほどということは、類さんも凜姫さんのことをご存じなんですか？」

「噂に聞いたことはあるって程度だけどね。そもそも彼女の棲み家は街外れの橋にあるから、特段用事がない限り人は滅多(めった)に出向かないんだ」

「そうなんですね」

街のあやかし事情にも精通している類もまた、狐のあやかしの血を継いでいる。

眩(まぶ)しいほどの端整な顔立ちに、ほんのり吊り上がった目、薄い色素の瞳(ひとみ)。

髪の毛は黄金色にも見える明るい茶髪で、甘い笑顔がトレードマークの、自他共に認めるイケメンさんだ。

「それにしても、凜姫が突然孝太朗に話だなんて、いったいどういう用件だろう。しかも、わざわざ日鞠ちゃんも同伴してほしいだなんてねえ」

「どうもこうもねえよ。手紙に詳細を書かなかったってことは、用件は直接話すってことだろ」

「そりゃそうでしょうけどねえ。面倒なことにならないといいけれど」

「面倒なこと、ですか？」

後部座席に並んで座る類に、日鞠が首を傾げる。

そんな日鞠に類が口を開くよりも早く、孝太朗が「日鞠」と名を呼んだ。

「到着しても、お前は類と一緒に橋の外で待っていろ」

「え?」

「今回の凜姫の話は、俺が一人で聞きに行く。だからお前は決して橋に立ち入るな。わかったな」

「わ、わかりました」

有無を言わさない孝太朗の言葉に、日鞠も思わず返答が硬くなる。

周囲は民家から林へと変わっていき、細い未舗装路になっていった。


生い茂る木々の先にその場所はあった。

「ここだ」

運転席から降りた孝太朗に続き、日鞠たちも後部座席から外に出る。

孝太朗の視線の先にかかる橋の姿に、日鞠は大きく目を見張った。

街外れにかけられているのがもったいないほどの、煌めく黄金色の橋だ。

秋色に染まり始めた木々とのコントラストがとても美しく、まだ高い陽を浴びてきらきらと輝いている。

橋の下には透き通った美しい川が流れ、涼やかな水音が日鞠たちの耳まで届いていた。

「すごい。綺麗な橋……」

まるで夢のような美しさに、思わず感嘆のため息を吐いてしまう。

無意識に一歩橋へ近づこうとしていた日鞠の肩に、大きな手のひらが乗せられた。

「止まれ日鞠」

「っ、あ」

どこか靄がかかっていた思考が、ぱっとクリアになる。

慌てて振り返ると、すぐ頬が触れそうなほどの距離に孝太朗の端整な顔があった。

至近距離から注がれる強い眼差しに、胸がどきんと高鳴る。

「簡単に魅了されんなよ。これもあの姫の十八番だ」

孝太朗の話によれば、人を橋に惹き寄せる魅力は、この橋に棲む橋姫の妖力のひとつなのだという。

孝太朗はそのまま日鞠の腕を引いて、念入りに橋の先から数歩分ほど距離を取らせた。

「類。お前はこいつと一緒にここで待ってろ」

「はいはい。わかってますって」

「孝太朗さん、その、お気をつけて……！」

「わかってる」

類が日鞠の隣に並んだのを確認し、孝太朗はぽんと日鞠の頭に触れた。

そして目の前の金の橋に、一歩ずつ近づいていく。

その光景を、日鞠は少し緊張した面持ちで見守っていた。

「そんなに固くならなくても大丈夫だよ、日鞠ちゃん」

隣に残ってくれた類が、朗らかに言う。

「橋姫は別に凶暴なあやかしってわけじゃあないからね。なんにせよ、あの孝太朗がやっつけられちゃうなんてことは万にひとつもないから、安心して」

「はい。それは私も心配していないんですが」

日鞠が気になっているのは、孝太朗が頑なに自分を橋から遠ざけようとする理由だった。

「どうして孝太朗さんは、橋の外で待っていろだなんて言ったんでしょうか」

「あー……孝太朗は本当、言葉が足りないからなあ」

橋の上の幼馴染みを見る類は、どこか楽しげだ。

「ま、日鞠ちゃんが気になるのなら、あとで孝太朗に直接聞いてみたら面白い。かも？」

「面白い……って、ちょっと類さん？」

少し窘めるように名を呼ぶと、類はきゃはっと語尾にハートマークをつけて笑みをこぼす。

これ以上話す気がないらしい彼にため息を吐きつつ、日鞠は再び橋のほうへと視線を向けた。

孝太朗も類も、橋姫のことは前もって知っているのだから、無茶なことはしないはず。

だから過度な心配はいらないのに、なぜこんなに胸がざわざわするのだろう。

日鞠は胸の前で両手をきゅっと握り締め、心の平静を保とうと試みる。

そんな中で、ついに橋の中央に立った孝太朗が、手すりの向こうへ静かに口を開いた。

「来たぞ凛姫。お前の話を聞こう」

孝太朗の黒髪を、秋の穏やかな風がふわりと撫でていった。

突如集まり出した光の粒が、流れる川の上に次第に人の形を作っていく。

そして次の瞬間、ぱんと弾けるような音とともに、一人の女性が現れた。

「ご機嫌麗しゅうございます、我らが山神・孝太朗さま。橋姫の凛姫にございます。こんな辺鄙なところまでご足労いただき、感謝申し上げますわ」

空中に現れたのは、美しい女性のあやかしだった。

ゆったりと波打つ艶やかな黒髪は、足元にかかるほどに長い。

身にまとう着物はところどころに宝玉が縫いつけられており、豪奢な腰の帯も優雅に結われている。

何より、端整な顔立ちと少し物憂(ものう)げな瞳(ひとみ)は、女性の日鞠も胸を高鳴らせるほどに魅惑的だった。

「豆腐小僧の手紙を読んだ。用件はなんだ」

「まあまあお待ちになってくださいな。まずはそう、最近孝太朗さまの居宅に現れた女性、『日鞠さま』につきまして、少々お話を」

そこまで言うと、橋姫はちらりと橋の手前に佇(たたず)む日鞠たちに視線を向けた。

遠くからでもわかる、こちらを品定めするような眼差(まなざ)しに、思わず日鞠の肩が揺れる。

「風の噂に聞いております。孝太朗さまが人間の女性と恋仲になり、仲睦(なかむつ)まじく薬膳茶屋(やくぜんちゃや)を営(いとな)まれていると」

話しながら橋姫はふわりと孝太朗の前に降り立った。

そのまま一歩、また一歩と距離を詰めていく。

「山神さまはわたくしたちにとって大切な御方。ならばそのお相手のお顔だけでも拝見して、お二人の前途(ぜんと)を心から祝福させていただきたいと思いましたの」

「そりゃ、わざわざ気遣い痛み入るな」

絶世の美女を前にしても、孝太朗の顔色は変わらない。変わっているのは日鞠のほうだった。

先ほどから妙に苦い何かが、胸の辺りにせり上がってくる。

日鞠は橋の二人に釘づけになっていた。

「孝太朗さま、このたびは本当に……、きゃっ」

そのときだった。

話の途中だった橋姫が、つんのめるようにして身体の平衡を崩した。

孝太朗が素早く手を差し出す。

その腕を掴んだ橋姫は、しなだれかかるように倒れ込んだ。

橋の上に座り込んだ二人は密着し、孝太朗の腕は橋姫の背に回される。

もともと長身で見目美しい孝太朗と、妖艶な魅力溢れる橋姫。

至近距離で見つめ合う姿は、まさにお似合いの恋人のようだった。

「――っ、孝太朗さん！」

「え、日鞠ちゃんっ？」

類からの呼びかけに応じることもできない。

日鞠はまるで誰かに背中を押されたかのように、二人のもとへと駆け出した。

「日鞠、来るな！」

「っ、あ……」

珍しく慌てた様子の孝太朗と目が合う。

そこでようやく、苦しい感情で埋め尽くされていた頭の中が一気にクリアになった。

いけない。孝太朗さんに、決して橋に立ち入るなと言われていたのに……！

「遅いですわね」

日鞠が自分の足元を確認しようとした瞬間だった。

しゃきん、という金属が擦れるような音とともに、何かが身体を突き抜ける感覚がする。

気づけば日鞠は、力なくへたり込んでいた。

「日鞠ちゃん！　大丈夫⁉」

「る、類さん。大丈夫です」

血相を変えて駆けてきた類に、日鞠はへらりと笑みを向ける。妙な感覚が走っただけで、別に外傷もない。

ただ、さっきの音が妙に気になった。

あれはそう。まるで、ハサミで何かを切った音のようだった。

「今の音は、いったい……？」

「どういうつもりだ、凜姫」

気づけば橋の中央にいた孝太朗が、日鞠の身体を庇うようにしてその場に立っていた。

対峙する橋姫はといえば、身体を小刻みに揺らしながら笑っている。

「ご想像のとおりですわ。今しがた、山神さまと日鞠さま、お二人の縁の糸を切断させていただきました」

「……え？」

あまりに唐突な話に、日鞠は言葉を失う。

縁の糸を切った？　孝太朗と、自分の？

「ま、待ってください。それって、いったいどういう……？」

「わたくしは橋姫。橋に宿り守護するあやかし。全国津々浦々に伝承がございますが、わたくしが宿るこちらの橋は、かねてより『縁切り橋』と呼ばれているのです」

「縁切り橋……？」

「そして先ほど、わたくしの橋に想いを通わせる男女が同時に足を踏み入れました。よって『縁切り橋』の習わしに基づき、お二人の縁の糸を切断させていただいた。ごくごく簡単なお話ですわ」

「ちょ、ちょ、ちょっとちょっと、待ってください！」

「落ち着け日鞠」

慌てて言葉を紡ごうとする中、孝太朗がへたり込んだ日鞠にそっと視線を合わせてくる。その瞳に浮かぶ孝太朗の優しさに、じわりと涙が滲みそうになった。

落ち着いてなんていられない。こうした事情があるから、孝太朗はあんなに念を押していたのだ。

お前は橋の外で待っていろ、と。

「俺たちがここに来たのはお前に手紙で呼ばれたからだ。縁切り目当てで橋に踏み入ったわけじゃない」

「条件さえ合えば、本人たちの意思に関係なく縁切り橋の呪いは発動する。孝太朗さまも当然ご存じでしたでしょう？」

「ちょーっと乱暴が過ぎるんじゃない、凛姫。おおかた今のだって、密かに日鞠ちゃんの嫉妬心を煽りたてて、橋に立ち入るように仕向けたんでしょう」

投げかけられた類の言葉に、橋姫は笑顔のまま口を閉ざした。

確かに、先ほどまで胸に溢れていた不安な気持ちが、今は綺麗に消えている。つまりあれも、橋姫の術のひとつだったということだろうか。

「あの程度の嫉妬心など、わたくしからすればそよ風のようなものですわ」

細められた橋姫の鋭い目に、日鞠の心臓がぎくりと跳ねる。

「あの程度のことで誹りを受けるのでしたら……わたくしは？　わたくしのことはいったい誰が庇ってくださいますの……？」

「り、凜姫さん？」

「わたくしはっ！　長い間ずっとそちらの女性に嫉妬しておりますのに!!」

びしっ、と音が聞こえるような勢いで、橋姫が日鞠を指さした。

「こいつがお前に何をした」

「最初は他愛のないものですわ。我らが山神さまのご厚意を受け街に住みつかれましたこと。穂村家のご子息ともご交友が深まっているらしいこと。街中のあやかしたちに慕われ始めたらしいこと。それはまあいいでしょう。わたくしもそこまで狭量ではございません。ですがこれはどうしても捨て置くことはできませんでした。なんといっても、あの！　麗しの！　茨木童子さまの懐に入り込むだなんて!!」

「へ？」

「あ？」

「うわあ」

三者三様に声を漏らすも、橋姫の耳には届いていない。

茨木童子。

この夏にとある依頼がきっかけで知り合った、鬼のあやかし。

もしかすると橋姫は、茨木童子に懸想しているのだろうか。

そしてどういうわけか、彼女は日鞠と彼との仲を疑っているらしい。

「待ってください凛姫さん！　何か誤解されています！　私、茨木童子さんと疑われるようなことなんてこれっぽっちもありません……！」

「いいえ、いいえ。わたくしの情報網に間違いはございませんわ。あの方は夏頃起こったとある事件をきっかけに、あなたを特別に気に入られたご様子。妬ましいですわ、羨ましいですわ、許せませんわ！　わたくしの恋路を邪魔立てするつもりであれば、あなたの恋も阻んで差し上げますわ！」

「おい凛姫、こちらの話を」

「問答無用！」

　橋姫がぱしっと両手を打った瞬間、日鞠たちは橋から少し離れた車のそばまで移動させられていた。

　目を丸くしていると、遠い橋の上に一人佇む橋姫がにこりと笑顔を見せる。

「縁切りの呪いは徐々に効いてまいります。とはいえ、いつかわたくしの気が晴れましたら、その効果が消えることもあるかもしれません。もちろん保証はいたしかねますが」

「凜姫さん！」

「それでは皆さま、どうぞお気をつけてお帰りあそばせ」

優雅に言い放った橋姫は、忽然と姿を消した。

その場に残された三人は、しばらく言葉を失ったまま、橋の下から微かに届く流水の音を聞いていた。


「あんなに橋に立ち入るなと言われていたのに、本当に本当にすみませんでした！」

「もういい。済んだことだ」

帰りの車の中、日鞠は繰り返し孝太朗と類に頭を下げていた。

しょんぼり肩を落とす日鞠に、隣に座る類が微笑みかける。

「そうだよー。さっきも言ったけど、あれは凜姫が日鞠ちゃんの嫉妬心を煽っていたのが原因だからねえ。俺のほうこそ、もっとしっかり日鞠ちゃんを見ていなくちゃいけなかったよ。ごめんね？」

「いえそんな、類さんが謝ることなんてありませんから」

「まあ、それより目下の問題は、凜姫がかけたっていう『縁切り』の呪いの効果。だよね？」

類の言葉に、日鞠の心臓がどきっと大きく鳴る。

なにせ橋姫から縁切りを通告されて以降、日鞠はその内容が気になって仕方がなかったのだ。

この夏ようやく想いを通じ合わせた孝太朗との関係が、いったいどんな風に変わってしまうのだろうと。

「孝太朗は？　何か変なところとかある？」

「俺は、特段変化はねえな」

運転席から届いた短い答えに、日鞠はほっと胸を撫で下ろした。

「日鞠ちゃんは、どう？」

「私も、特に変化はありません。ただ凛姫さん、呪いは徐々に効いてくるって言っていましたよね……？」

「うーん。こればっかりは様子を見てみないとなんとも言えないねえ。何事もなく終わってくれれば一番いいけれど」

そうなる可能性にかけたいが、先ほどの橋姫の様子を見るに難しいのだろう。

なにせ日鞠は、橋姫の想い人である茨木童子に気に入られている女性として、現在絶賛憎まれ中なのだ。

「それにしても、凛姫があの茨木童子の奴をねえ。確かにあいつは、日鞠ちゃんを気に入っている風ではあったけど」

「そうでしょうか？　私からすると茨木童子さんは、暇潰しにからかってきているだけのような気がしますけれど」

「んー。そういう交流を持っているってだけで、やきもち焼きの凜姫が憤慨するには十分なのかも。ね、孝太朗？」

「さあな」

　わざとらしく尋ねる類に、孝太朗が短く答える。

　そうこうしている間に、車は街外れのあぜ道から整備された市街地へと進んでいく。

　見慣れた風景の中に薬膳カフェを見つけると同時に、建物の前にぽつんと佇む小さな人影が見えた。

「あれは……豆ちゃん？」

　ＣＬＯＳＥの札が提げられた扉の前で、頭にわら傘を載せた着物姿の少年がきょろきょろと辺りを見回していた。

　孝太朗の運転する車に気づくと、大きな瞳を一層大きく見開く。

「日鞠どの！　孝太朗どの！」

「豆ちゃん！　どうしてこんなところに？　まさかずっと私たちを待っていたの？」

駐車場に停められた車から、日鞠は慌てて外に出た。

「実は、あのあとどうも手紙の用件が気になりまして。橋姫の凜姫どのと言えば、縁切りで有名な御方。なにやら不吉な予感が頭から離れず……！」

豆腐小僧があれほど手紙を渡すのを躊躇していたのは、それが原因だったらしい。

「わざわざありがとう。ひとまずカフェの中に入ろうか。今日は少し冷えるから、外にずっといたら風邪を引いちゃう……、きゃっ」

話しながら鍵を取り出そうとした日鞠が、誤って店前の花壇に足をぶつける。

ぐらりと体勢を崩した日鞠に、運転席から出た孝太朗が素早く反応した。

「日鞠……、っ⁉」

「おっとっと！」

次の瞬間、日鞠の身体を支えたのは孝太朗ではなく類だった。

何が起こったのかわからず、その場の四人が目を瞬かせる。

「る、類さん、すみません。ありがとうございます」

「あー、ううん。それはいいんだけど……」

日鞠の身体をよいしょと離しつつ、類の視線はちろりと孝太朗のほうへ向く。

「えーっと、孝太朗。もしかして今のが……？」

「日鞠」

「は、はい」

「そのまま、その場を動くな」

「え？」

言われると同時に、孝太朗が真っ直ぐこちらへやってくる。

ここは屋外で、カフェの目の前で、類や豆腐小僧もいて。

そんな状況にありながら、伸ばされた孝太朗の手の動きは、抱擁を予感させるものだった。

思わず頬に熱を集め、日鞠は訪れるであろう温もりを想像して胸を高鳴らせた。

が。

「へっ？」

孝太朗の手が届くと思われた瞬間、日鞠は驚きの速さであとずさった。

突如生まれた二人の距離に、再びその場の四人は目を瞬かせる。

「おお。日鞠ちゃん、見事なバックステップ」

「ち、違います！　なぜだかわかりませんが、今、身体が勝手にっ」

「どうやら、『効果』とやらが現れ始めたらしいな」

冷静な孝太朗の言葉に、日鞠ははっと息を呑んだ。

「これが、凜姫さんの言っていた『縁切り』の呪いの効果ですか……？」

呆気に取られた様子の三人を前に、一連の出来事を目にしていた豆腐小僧は顔を真っ青にして震え上がった。


「本当に本当に申し訳ございませんでした！　孝太朗どの、日鞠どの！」

「大丈夫だよ。大したことないから、豆ちゃんもそんなに泣かないで。ね？」

その後、四人はひとまず二階の自宅スペースに戻った。

今回の縁切りの責任を感じているらしい豆腐小僧は、瞳から大量の涙を流している。

膝に座らせた豆腐小僧の背中を、日鞠はあやすように優しく撫でた。

「今回のことは豆ちゃんのせいじゃないよ。私が孝太朗さんの言いつけを忘れて、橋に足を踏み入れちゃったのが原因なんだから」

「ううっ、しかしながら、手紙をお渡しするときにわたくしの口からお伝えするべきだったのです。孝太朗どのと日鞠どのに、決して二人では橋に踏み入りませんようにと。ですがわたくしのような小物妖怪が出過ぎた真似かと、妙な遠慮をしてしまい……それが結果として、このような由々しき事態にっ！」

「それも、俺が前もって伝えるべきだったことだ。お前に非はねえよ」

さらりと告げた孝太朗に、豆腐小僧の涙がぴたっと止まった。

「で、ですがですがっ、このままでは孝太朗どのと日鞠どのの幸せな日常にも支障が……！」

「うーん。確かに好き合った男女が触れ合うこともないままひとつ屋根の下っていうのは、ある意味一番の拷問（ごうもん）かもねえ」

「る、類さんっ」

「ぴゃっ！　それは真（まこと）にございますか、類どのっ！」

「お前は黙ってろ類。落ち着け豆腐小僧」

再び顔色を悪くした豆腐小僧に、孝太朗は告げる。

「今回のことは俺の失敗だ。お前がここで頭を下げたところで事態が変わるわけでもねえ。妙な責任は感じずに、お前もさっさと棲み家の森に帰れ」

「うう、承知いたしました……」

「そうだねえ。それに豆ちゃんも、ここで泣いてるよりももっと有意義な時間の使い方があるんじゃないかなあ。例えばご用聞きとしての情報網を駆使（くし）して、凜姫の縁切りについて調べたり、縁切りの呪いを消す方法を探ってみたり……なんて？」

「……ハッ‼」

わかりやすい類の誘導に、豆腐小僧は日鞠の膝からぴょんと飛び下りた。

そして孝太朗と日鞠に向かって大きく頭を下げると、いつにも増して勇ましい表情を浮かべる。

「孝太朗どの、日鞠どの！　本件の解決は、ぜひともわたくし豆太郎に一任ください！　必ずや解決方法を突き止め、お二人の幸せな日常を取り戻してみせますゆえ！」

「あ、ありがとう豆ちゃん。でも、無茶はしないようにね？」

「必ずや吉報を携えて戻ってまいります！　どうぞ今しばらくお待ちくださいませ！」

すっかり使命感に燃えているらしい豆腐小僧は、ぴしっと敬礼をしたあと日鞠たちの自宅を去っていった。

「それじゃあ、俺もひとまずお暇しようかなあ」

どこか満足げに頷いた類もまた、よいしょと腰を上げる。

そんな幼馴染みの様子に、孝太朗は呆れた眼差しを向けた。

「類。お前もしれっと人を操りやがるな」

「人聞き悪いなあ。豆ちゃんも責任を感じてるみたいだったし、役に立ちたい気持ちを汲んであげるのならこれが最善でしょ。孝太朗と日鞠ちゃんだって、いつまでもこのままでいいなんて思っていないだろうし？」

「類さん……」

思わずこぼれた日鞠の声に、類がにこりと笑顔を向ける。

あまり深刻にならないように、努めて朗らかに状況を打開しようとしてくれる。そんな彼の優しさを感じ取ったのは、きっと日鞠だけではなかった。

「あ。それから念のため、しばらくはこの子を置いていくことにするよ」

そう言うと、類は右手の親指と人差し指で輪を作る。

そこへ類がふっと息を吹きかけると、輪の中からしゅるりと長く白い胴を揺らして子狐が現れた。

「わっ、管ちゃん！」

「きゅうん」

類の家に代々仕えるという憑きものの一種・管狐だ。

美しい毛並みにぴょこんと小さな三角耳。何よりこちらを見つめるつぶらな瞳が、毎度胸をきゅんとときめかせてくれる。首元に結われた朱色の紐には、丸い鈴が揺れていた。

「呪いの効果で不自由があるといけないから。何かあったらこの子に手伝ってもらって」

「はい。ありがとうございます、類さん」

「俺のほうでも、凜姫について色々調べてみるよ。とりあえず、明日また薬膳カフェでね」

ひらひらと手を振り、類もまた日鞠たちの家をあとにした。

玄関で見送りを終えた日鞠と孝太朗の間に、どこか気まずい沈黙が落ちる。

「……はは。なんだか、大変なことになっちゃいましたね」

「そうだな」

ダイニングに戻ると、孝太朗は普段と変わらない様子でホットミルク用の鍋を取り出す。

「お前も色々あって疲れただろ。ホットココアでも飲むか」

「はい。ありがとうございます」

そう答えながら、日鞠は孝太朗の背中を見つめていた。

橋姫にかけられた縁切りの呪い。

彼女は、呪いは徐々(じょじょ)に効いてくると言っていた。

孝太朗と触れ合えなくなるだけでなく、これからさらに何か変化が現れるのかもしれない。

まさか最終的には、孝太朗自身の気持ちまで消えてなくなってしまうのだろうか。

「日鞠」

「あっ」

気づけば目の前に、ほかほかと甘い湯気の立つマグカップが差し出されていた。

「触れ合いさえしなければ、カップの受け渡しくらいはできるみたいだな」

「そ、そうですね。よかったです」

慌てて笑みを浮かべた日鞠だったが、一度胸に浮かんだ不安はなかなか消えてくれない。

いつもどおり向かい合ってダイニングテーブルに腰を下ろした二人は、ひとまずココアで身体を温めた。

「美味しいですね。孝太朗さんの入れてくれるココアは、身体の芯まで温かくなります」

「……」

「……孝太朗さん？」

「悪かったな。今回のことは、すべて俺の判断ミスだ」

孝太朗から告げられた思いがけない言葉に、日鞠は目を瞬く。

「橋に向かう前に、ちゃんと説明するべきだった。二人で橋に足を踏み入れてはいけない理由を、もっと明確にな。それをおろそかにした、俺の責任だ」

「そんな。孝太朗さんはちゃんと橋に入っちゃいけないと言ってくれましたから、孝太朗さんの責任じゃ」

「それでも、俺との縁が切れると聞いていたのなら、お前も橋に足を踏み入れることにもっと抵抗したはずだろう」

確信めいた言葉に、びくっと肩が揺れる。

確かにそのリスクを知っていれば、たとえ嫉妬心に駆られたとしても、日鞠は不用意に橋に近づかなかったかもしれない。

「説明すべきとわかっていたが、あのときは気恥ずかしさが先立って言えなかった」

「え？」

「俺が、お前との縁を切られたくないんだと。正直に口にするのを躊躇った」

「……！」

告げられた言葉に、胸がどきんと大きく音を鳴らす。

孝太朗もまた、自分との縁を大切に想ってくれていた。その想いが、じわりと日鞠の心に沁みていく。

触れ合えない指先に代わって、互いのマグカップがかつんと音を立てる。それだけでも想いの繋がりが見えるようで、胸の奥がふわりと熱を帯びた。

「俺が必ずどうにかする。心配するな」

「はい。私も、何かできることがないか考えてみますね」

微笑み合ったあと、二人は再びココアに口をつける。

甘い湯気に満たされていく空間を、管狐が心地よさそうに漂っていた。

ところがどっこい。縁切りの呪いはそう甘いものではなかった。

「三番ランチ、出るぞ」

「はいっ、あ……！」

「日鞠ちゃん、大丈夫っ？」

翌日の薬膳カフェでは、呪いが早くも業務に支障を来していた。

孝太朗と日鞠が近づこうとすると、いずれかの動きが意図せず止まる。そのため料理の提供に時間がかかり、カフェの回転率が下がるばかりか、悪いときにはせっかくの料理を床に落としてしまう事態が発生していた。

この数ヶ月で築き上げてきた阿吽の呼吸が突如崩れたことは、当然常連客の目にも留まるところとなる。

「日鞠ちゃん、もしかして今日、どこか体調が悪いんじゃないの？」

「珍しいわよねえ。日鞠ちゃんがこんなにミスを連発しちゃうだなんて」

「もしかしたら日鞠ちゃんと店長さん、喧嘩でもしたのかしら……？」

おばさま方からの心配そうな声にペコペコ頭を下げつつ、日鞠は内心重いため息を吐いていた。

これは確かに、由々しき事態かもしれない。

類がうまくフォローしてくれているものの、三人で回しているカフェでは限界がある。

結局いつもの数倍の疲労感とともに、ランチタイムはなんとか乗り切ることができた。

扉にCLOSEの札を垂らした日鞠は、扉を閉ざすと同時にがくりと肩を落とす。

「お疲れさま、日鞠ちゃん。今日は例の呪いのせいでてんてこ舞いだったねえ」

「うう……類さん、孝太朗さん。本当にすみませんでした！　三度もランチプレートを駄目にしてしまって……！」

「謝る必要はねえよ。俺も何度か目測を誤った。それに、だ」

言うなり、厨房から出てきた孝太朗は日鞠に手を伸ばした。

すると、やはり日鞠の身体は意図せずぐんと勢いよくあとずさりしてしまう。問題は、呪いが発動した際の二人の距離だった。

「あれ？　なんだか日鞠ちゃん、避ける反応が昨日よりも速かったような……？」

「どうやら、許される距離がじわじわと広がっているらしいな。これもあの姫が言う縁切りの呪いの効果か」

確かに、昨日まではマグカップを寄せ合うほどの距離でも問題なかったはずだ。しかし、今では片腕を伸ばした距離にいることも危うかった。

「うーん。このまま順調に距離が広がり続けたら、さすがに面倒なことになるねえ。距離次第では、そもそも一緒に暮らすこともままならなくなるだろうから」

「そ、そんな」

ガン、と頭を殴られたような心地になる。

孝太朗との間に広がっていく物理的な距離。これからいったいどうなってしまうんだろう。今はこうして目にしていられる孝太朗の姿さえ、もうこの目で見られなくなるのだろうか。

「日鞠」

「わっ、大丈夫日鞠ちゃん。顔が真っ青だよ⁉」

孝太朗の呼ぶ声に、類がいち早く反応して日鞠を支える。

どうにか笑みを浮かべようとするものの、うまくいったのか日鞠にはわからなかった。

今の日鞠にとって、孝太朗との生活は当たり前で、大切で、かけがえのないものなのだ。

「どうしたらいいんでしょう。やっぱりまた凜姫さんのもとに行って、許してほしいと謝ったほうがいいんでしょうか」

「うーん。凜姫は別に、日鞠ちゃんに怒っているわけじゃないと思うなあ。どちらかというと、羨ましいんだよ」

「羨ましい、ですか?」

「凜姫はあの橋に宿ったあやかし。橋を離れることができず、会いたい者に会いに行くこともできない。昨日調べた情報によると親しい友人も少なく、長年収集してきた着物で心を慰めながら過ごしているらしいからね」

「あ……」

類の言葉に、日鞠はすとんと胸に落ちるものを感じる。

橋姫は置かれた境遇から、長年想いを寄せる者に勇気を出して会いに行くことも叶わない。

やりきれないその想いは、まさに今自分が抱いている焦りと辛さそのものだ。

そう思うと、一見理不尽な呪いをかけた彼女の心の内を少しだけ理解できるような気がした。

「失礼いたします！　孝太朗どのっ、日鞠どのーっ！」

「豆ちゃん⁉」

カランと下駄の音が聞こえたかと思うと、カフェ店内に飛び込むようにして豆腐小僧が現れた。

いつも白い頬は赤く染まり、小さな肩は上下に大きく揺れている。

「不肖豆太郎、突き止めてまいりました！　凜姫がかけた縁切りの呪いを無効にする方法を！」

橋姫の縁切りの呪いは、相手に対する強力な嫉妬心が源なのだという。

「昨日から収集した情報で明らかになったことですが、あの縁切り橋付近を幾度か、茨木童子どのが通りかかったことがございました。するとすると、それまで発動していた縁切りの呪いはいずれも消失、新たな呪いも数日間は発動しなかったとのことでございますっ」

「つまり、そのときの凜姫は、茨木童子の姿を見ることができた直後で心が満たされていたから、縁切りの呪いが発動しなかった、ということかな？」

日鞠の言葉に、「左様でございます！」と豆腐小僧がぶんぶん首を縦に振った。

「なるほどねえ。ということは、もっと凜姫を満足させるような状況を作ってあげられれば、今発動している縁切りの呪いも消えてなくなるかもしれない、と」

昼食のプレートを食べ進めながら、四人は今後の対策について話し合う。

呪いのせいで孝太朗と同じテーブルに座れなくなってしまった日鞠は、豆腐小僧とともに二人席に着いていた。

「でも、凜姫の心を満たしてあげるために、私たちに何ができるんでしょうか」

「ずばり！　茨木童子どのを凜姫どのの橋までお連れいたしましょう！」

人差し指をぴんと天井に向かって立てた豆腐小僧は、声高らかに宣言した。

「茨木童子どのが橋の近くを通りかかっただけでも呪いは消失したのです。お二人を直接引き合わせることができれば、間違いなく凜姫の心を満たして差し上げることができるかと思われますっ」

「なるほど。豆ちゃん、ナイスアイディアだね！」

「あ、いいえいいえっ、そんなに褒めていただくようなことでは……！」

笑顔を向ける日鞠に、お盆を手にした豆腐小僧は照れくさそうにくるくると踊り出す。

よく見るとお盆に載せられた豆腐には、いつもは見られない細かな傷痕が残されていた。

昨日から今の報告に至るまで、あちこち駆けずり回ってくれたからだろうか。心優しいあやかしの少年の想いに、日鞠の胸がじんと温かくなる。

「確かに、その方法なら凜姫は納得するかもしれねえが」

「うーん……ある意味、最難関レベルのミッション。かも？」

珍しく同意見らしい二人が、揃って視線を交わす。

その直後、薬膳カフェの大窓が強い風に押されガタガタと大きな音を立てた。

次の瞬間、日鞠はその風がある人物の巻き起こしたものであることに気づく。

「私、ちょっと外を見てきます！」

「日鞠！」

孝太朗たちより扉に近い席にいた日鞠が、数歩早くカフェの扉を開け放つ。

するとひんやり肌寒い空気と枯れ葉にまかれ、日鞠は思わず目を瞑った。

「よお日鞠。なんだか楽しいことになってるみたいだなあ？」

「茨木童子さん！」

目を開くとそこには、穏やかな秋空を背にして茨木童子がぷかぷかと浮いていた。

最強の鬼と謳われた、酒呑童子の配下の一人。

相変わらず鍛え上げられた身体が見え隠れする着物姿に、天を突く二本の角。

鋭い牙が覗く口元は、いつにも増して楽しげだ。

「茨木童子さん、いったいどうしてここに？」

「豆腐小僧のガキが、あちこち駆けずり回っていると聞いたんでな。少し探ってみりゃあ、なーんか楽しいことになってんじゃねえの」

隠す様子もなく好奇心を見せる茨木童子の前に、少し遅れて孝太朗たちが現れる。

扉から出てきた孝太朗に反応して、日鞠の身体はやはり避けるように動いてしまった。

咄嗟に謝ろうとした日鞠の耳に、けたけたと笑う茨木童子の声が届く。

「くっくっく……おーおーオオカミ野郎。随分と面倒なことになってるみてーだなあ？」

「余計なお世話だ」

「はいはい孝ちゃん。気持ちはわかるけど、今は落ち着いて落ち着いてー」

これ以上険悪な空気になるのを防ごうと、類がすぐさま間に入る。

彼の機転に感謝しつつ、日鞠は改めて宙に浮く茨木童子に向き直った。

「茨木童子さん。ちょうどあなたに頼みたいことがあったんです。実は私たち、昨日橋姫の凜姫のところに行ったんですが」

「あー、おおよその事情はわかってる。あの姫さんの力で、お前とオオカミ野郎の縁が切られてるんだろ？」

「そうなんです！　そしてその縁切りの呪いを解くために、茨木童子さんの力が必要なんです！」

「ほー？」

頼みごとをするからには、こちらも下手な誤魔化しをするわけにはいかない。

一縷の希望にかけて、ただただ正直に協力を願い出るのみだ。

「お願いします茨木童子さん。私たちのために、凜姫さんの橋まで来てもらえませんか！」

「嫌だね」

返ってきたのは、単純明快な否の声。

わかっていた。わかってはいたが、さすがに躊躇いがなさすぎる！

「こんな楽しい状況なんざ滅多にねーだろ？　俺としてはもう少し、山神サマの困ったお顔を拝見したいんでね」

「茨木童子さん、そんなこと仰らずにっ」

「それになあ、わざわざ街外れの橋に行くなんて、俺にとっちゃなんの得もねえだろ」

「それは……」

あなたに想いを寄せる絶世の美女が待っていますよ、とは言えなかった。

こういった形で想いを知られるのは、きっと橋姫も本意ではないだろう。

なんとか説得する方法はとあれこれ考えているうちに、ふっと目の前が陰ったことに気づいた。

顔を上げると、宙で胡座（あぐら）をかいていたはずの茨木童子が、いつの間にか日鞠のすぐ目の前に降り立っている。

「えっと、茨木童子さん？」

「でもそうだな。お前の返答次第じゃあ、考えてやってもいい」

「本当ですかっ」

「ああ」

にやりと笑った茨木童子の口元に、鋭い牙がぎらりと光った。

日鞠の顔を覗き込むようにして、茨木童子がゆっくりと間合いを詰めてくる。

「今日一日、俺の女として俺につき従う、っつーのはどうだ？」

日鞠は笑顔のまま、しばし硬直した。

「……はい？」

「別にケガをさせるつもりはねーよ。ただちょっと一晩、お前をこの俺の好きにしてもいいっていうなら――」

揚々と話す茨木童子の言葉が、唐突に途切れた。

伸ばされていた茨木童子の腕から守るように、管狐が日鞠の前に立ち塞がっている。

「悪ふざけはそこまでにしたほうがいいよー茨木童子。そろそろ孝太朗の我慢も限界みたいだからさ」

「あ……」

茨木童子の背後を見た日鞠が、思わず声を漏らす。

そこにはいつの間にか鋭い目をした孝太朗がいて、茨木童子の腕を掴み上げていた。力が込められた孝太朗の手に、茨木童子は僅かに顔を歪ませる。

「茨木童子。俺はこいつには触れられなくとも、お前にはいくらでも触れられることを忘れるな」

「はっ。随分とまあ山神サマも必死じゃねえの」

「こ、孝太朗さん……」

すぐさま観念したように両手を上げた茨木童子を確認し、孝太朗も手を放した。

そんな二人の張り詰めた空気に、日鞠は一人おろおろと互いを見る。

「こんな状況でもその高慢な態度は変わらずかよ。山神サマもこのままじゃあ色々と辛いんじゃねえの？」

「かといって、馬鹿な提案に乗るつもりは微塵もねえよ」

「あ、そ。というわけで交渉は決裂だ。残念だったな、日鞠」

「えっ、あ、あの！」

再び浮かび上がった茨木童子は悪そうな笑みを浮かべたのち、つむじ風のごとく姿を消す。

カフェの前に残された日鞠は、呆然と秋の空を見上げていた。

「行っちゃいました……」

「まあ、あの茨木童子だからねえ。そう易々とこちらの要求を呑むとは思えないよ」

「うーん、確かに」

あっさり言う類に、その場にいる全員がうんうんと納得する。

あのいたずら好きな茨木童子が、今回のような事態を前に喜んで協力するなんてことはありえない。

もともと孝太朗に対してどこか反発心を持っていたらしい彼なのだ。

「日鞠」

呼ばれて振り返ると、少し離れたところからこちらを見つめる孝太朗と目が合った。

「茨木童子に何かされなかったか」

「はい。大丈夫です。孝太朗さんが助けてくれましたから」

「そうか」

笑顔で頷くと、孝太朗の表情が僅かにほぐれるのがわかった。

たとえ触れることができなくても、孝太朗は必ず自分を守ってくれる。

あの強い意志を秘めた瞳を思い出し、日鞠は胸がきゅんと締めつけられるのを感じた。

「お二人の絆は、実に美しいものでございますねぇ……」

「うーん。同意はするけど、あまりほのぼのもしていられないんだよねぇ」

豆腐小僧がうっとりと瞳を輝かせる隣で、類は困ったように眉を下げる。

「いずれにしても、茨木童子を凛姫の橋まで連れ出さなくちゃ、二人にかかった縁切りの呪いは解けない。あのひねくれ者の鬼の協力を得るための策を、改めて練る必要があるね」

「茨木童子さんの協力を得るための策、ですか」

類の言葉を反芻し、うーんと大きく首をひねる。

天邪鬼なあの鬼が素直に力を貸してくれる姿を、日鞠はどうしても想像することができなかった。

豆腐小僧はいったん薬膳カフェをあとにし、日鞠たちは午後の営業時間を迎えた。

午後はランチタイムほどの忙しさはなく、日鞠たちも次第に互いの距離感に慣れてきた。

プレートを駄目にするといった大きなミスは発生せずに時間が過ぎ、ほっと胸を撫で下ろす。

「お客さん、途切れたね」

「日鞠、類。水分補給をしておけよ」

「ありがとうございます、孝太朗さん」

差し出されたお冷やは、手渡されることなくいったんカウンターに置かれる。

それが孝太朗の気遣いとわかっていても、一抹の寂しさを感じずにはいられなかった。

「それにしても、茨木童子に協力をさせるにはいったいどうすればいいんだろうねえ」

お冷やで喉を潤した類が、カウンターにもたれながら口を開いた。

「あいつは正攻法で説得しても、言うことを聞くとは思えねえな」

「だよね。むしろ、孝太朗が困る選択肢を好んで提示してきそう。なんてったって本物の鬼さんだし?」

「私、ちょっと考えたんですが。さっき茨木童子さんが言っていましたよね。街外れの橋に行くなんて俺になんの得もない、って」

日鞠の言葉に、二人が揃って振り返る。

「ということはつまり、茨木童子さんにとって『得』になるものを用意すれば、茨木童子さんも凛姫の橋まで来てくれるんじゃないでしょうか」

「なるほど。つまり、茨木童子が喜びそうなものを用意するってことだね」

「そうです！　でも、茨木童子さんが喜ぶものって、どんなものでしょう？」

「他人をからかうこと」

「他人の失敗を見物すること？」

「他人の困った顔を眺めること……って」

つらつらと列挙された回答に、日鞠はがくりと肩を落とす。

恐らくどれも間違ってはいないが、少なくとも今回は役に立ちそうにない。

次々に現れる難問にうーむとうなり声を上げていると、カフェの扉の向こうに人が立つ気配がした。

「こんにちは」

「わ！　いらっしゃいませ、有栖さん」

静かに開かれた扉の向こうには、スーツ姿の女性が立っていた。

以前、あやかし絡みの依頼で顔馴染(かおなじ)みになった、楠木(くすき)有栖だ。

北広島駅前の図書館に勤務する彼女は、読書が大好きな見目麗(うるわ)しい女性だ。

時折薬膳(やくぜん)カフェに訪れては、一人静かに読書の時間を過ごしていく。

その凛(りん)とした佇(たたず)まいは思わず見惚(みと)れてしまうほどで、彼女との交流は日鞠の密かな楽しみになっていた。

「こんにちは、有栖ちゃん。今日もいつもの席で読書かな」

自然に進み出た類が、メニュー表を持って彼女を空いているソファー席へ促す。

「ええ。ようやく仕事が一段落ついたので、自分へのご褒美(ほうび)も兼ねてここに」

「そう言ってもらえると嬉しいな。飲み物は、いつものグリーンティーでいい？」

「はい。お願いします」

「了解」

穏やかな笑みを交わす二人の様子を、日鞠は不自然にならない程度の距離で見守っていた。

件の依頼があって以来、類と有栖の間にはどこか特別で温かな空気が生まれている。

訪れる客には常に平等に愛想のいい類を知っているからこそ、きっとただの勘違いではない、と日鞠は密かに思っていた。

「どうぞ。キクとクコの実とリンゴのグリーンティーです」

「ありがとうございます」

「今日の本は、昨日発売の新刊だね。有栖ちゃんの大好きな作家の一人の」

「よくご存じですね。書店に行かれたんですか？」

「前に有栖ちゃんがおすすめしてくれた作家だからね。実はあのあと、俺もその人の書いた小説を何冊か買ったんだ」

初対面では必要最低限の会話しかしていなかった類と有栖だが、今ではこうして何気ない会話に花を咲かせている。

じわじわと広がっていく孝太朗との距離を思うと、目の前の二人の様子がひどく眩しく思えた。

本当は少しでも、好きな人のそばにいたいのに。

「ところで日鞠さん。今日は何かありましたか」

「えっ？」

思いがけない有栖の問いかけに、ぼうっとしていた日鞠は素っ頓狂な声を出してしまう。

「勘違いだったらすみません。ただ、日鞠さんの様子がどこかいつもと違って見えたものですから」

「あ……」

有栖の眼差しはどこまでも真っ直ぐで、日鞠は思わず言葉に詰まる。

あまり悲観的になっても仕方ない。それに、孝太朗だって言ってくれたじゃないか。

俺が必ずどうにかする。心配するな――と。

「いいえ、何もないです。ご心配をおかけしてすみません」

「そうでしたか。私に何かお役に立てることがあれば言ってくださいね」

「ありがとうございます、有栖さん」

有栖は聡い。

きっとある種の確信を持って問うてきたのだろうが、多くを追及しない彼女の優しさに日鞠はただ感謝した。

その後、静かに読書の世界に浸った彼女の邪魔にならないよう、レジ周りで事務作業を進める。

頃合いを見計らってお冷やを注ぎに行くと、ふと見覚えのある栞が目に留まった。

以前の依頼で無事に取り戻すことができた、手作りの栞だ。

退職した先輩からの贈り物だというその栞は今も大切に、彼女の読書の旅の道しるべになっているらしい。『不思議の国のアリス』をモチーフに描かれた美しい栞に、日鞠はふわりと笑みを浮かべた。

そして同時に、栞を取り戻したあの夏の記憶も自然と思い返されていく。

そうだ。確か、あの依頼を解決したあとに。

「……っ、ありがとうございます、有栖さん！」

「日鞠さん？」

唐突にぺこりと頭を下げた日鞠に、有栖は不思議そうに首を傾げた。

「孝太朗さんが作ったおつまみで、お酒の席を設けるのはどうでしょうか！」

薬膳カフェにＣＬＯＳＥの札がかかると同時に、日鞠は声を弾ませた。

「前に有栖さんの件が解決した夜も、カフェでお祝いのお酒を飲みましたよね。あのときの茨木童子さん、とてもとても楽しそうにしていたと思うんです！」

あのときはお酒に弱い日鞠は早々に酒の席を離脱したが、他の皆は茨木童子が持ってきたお酒と孝太朗が準備したおつまみで夜更けまで楽しんでいたと聞いている。

わざわざ自らお酒を持ち込むほどだ。こちらから酒の場を提供すれば、きっと彼も喜んでくれるに違いない。

「なるほどねえ。思えば茨木童子も、飲みのときは決まって孝太朗のつまみをたらふく食べていくし、いいアイディアかも」

「となると、酒の席は凜姫の橋のたもとか」

日鞠の提案に、類と孝太朗も納得したように頷く。

「はい。極上のお酒と孝太朗さんが腕によりをかけた料理があると知れば、きっと茨木童子さんも誘いに乗ってくれるんじゃないかと思いまして！」

「わたくしも！　日鞠どのの意見に賛同いたします！」

弾けるような声とともに、カフェの扉から小さな影が転がり込んでくる。

驚いてそちらを見ると、カフェの床にぺたりと突っ伏す豆腐小僧の姿があった。お盆の上に載せられた豆腐は、やはり細かな傷を負いながらもぷるんと元気に揺れている。

「豆ちゃん！　大丈夫？　ケガはない⁉」

「ええ、ええ。このくらい問題ございません。何しろ此度の件は、わたくしに課された大きな使命なのですから！」

話によると、昼休憩以降もこの少年は、街のいたるところで茨木童子について調べ回っていたらしい。

何時間も健気に力を尽くしてくれていた豆腐小僧に、日鞠は感謝の念で胸がいっぱいになる。

気づけば日鞠はその腕を伸ばし、豆腐小僧の身体をぎゅっと抱き締めていた。

「豆ちゃん……ありがとう。私たちのために、本当にありがとう……！」

「ぴゃあっ⁉　ひ、ひ、日鞠どの……⁉」

秋の木枯らしに吹かれたからだろう。豆腐小僧の身体はひんやりと冷たくなっていたが、日鞠の体温が移ったのか、やがてじわじわと熱を取り戻していく。

「あーあー。日鞠ちゃん。そろそろ豆ちゃんを解放しないと、あつあつの茹で豆腐になっちゃうよ？」

「わ、ご、ごめんね豆ちゃん……！」

「だ、だ、大丈夫でございますううう……」

突然の抱擁に混乱したらしい豆腐小僧は、日鞠の腕の中で真っ赤に茹で上がってしまっていた。

日鞠がぱっと手を離すと、豆腐小僧はぷるぷると首を横に振る。

「大変失礼いたしました……！　お話を戻しまして、わたくしもお酒の席を設け茨木童子どのをお呼びだてするのが最善と考えます！　なにせ調査の結果、茨木童子どののお好きなものはずばり、『酒』、『旬』、そして『人をからかうこと』でございましたので！」

「なるほど、『酒』と『旬』……」

茨木童子は元来自由人で、四季を楽しめる場所を求め常に根城を変えているらしい。

幸い橋姫の棲む橋は色づき始めた紅葉が広がっている。

秋の風情を楽しむには、きっとうってつけの場所だ。

「よかった。これで縁切りの呪いも、どうにかなりそうですね」

解決の糸口が見えたことで、ほっと安堵の息がこぼれる。

日常を侵食していく縁切りの呪いの効果は、日鞠の心にも暗い影を落としていた。

でも、きっともう大丈夫だ。

「しかも都合がいいことに、明日の夜は満月だもんね。酒盛りは明日の晩ということで、みんなで準備をしようか」

「はい！　孝太朗さん、私は明日、何をしたらいいでしょうか」

「……」

「孝太朗さん？」

言葉が返ってこないことに気づき、日鞠は再度彼の名を呼ぶ。

類も豆腐小僧も同様に彼のほうを見たが、それでもなお孝太朗からの返答はなかった。

「孝太朗さん？　どうしたんですか？　もしかして、今のお話で何か都合の悪いことがありましたか」

孝太朗の様子を確かめるため、日鞠は近づけるぎりぎりの距離まで彼に歩み寄る。

日鞠の不安を滲ませた表情に、孝太朗は一瞬眉根を寄せた。

「……」

そして不思議なことが起こった。

今孝太朗は確かに口を動かした。にもかかわらず、その声が日鞠の耳に届かなかったのだ。

「え。日鞠ちゃんの声が聞こえなくなったって……それってマジ？　孝太朗」

「こんなこと冗談で言うわけねえだろ」

「っ！　い、今の孝太朗さんの声は、私にも聞こえました！　冗談で言うわけないだろっ
て……！」

日鞠は慌てて報告する。

それでも、孝太朗が日鞠のほうを振り返り口を開くと、やはりその声は届かなかった。

何度か言葉をかけ合った結果、類がひとつの結論を出した。

「なるほど。どうやら、二人が目を合わせた状態での会話ができなくなってるみたいだね。

つまり視線が外れていれば、通常どおり声が届くみたい」

類の言うとおりだった。

孝太朗と視線を交わすと、途端に互いの声が途絶えてしまう。

「絶妙に不便な呪いだな」

「で、でも。声がまったく聞こえないわけじゃありませんもんね！」

面倒そうに顔をしかめる孝太朗を見ないようにして、日鞠はどうにか声を明るく保った。

「類さんが管ちゃんを遣いに出してくれていますし、きっと大丈夫です。今夜はひとまず、明日に備えて早めに休みましょう」

「日鞠どの……」

「そうだね。いずれにしても、明日の夜にはきっと、全部が元に戻ってるよ」

気遣わしげな豆腐小僧と類の声色に、日鞠はそっと眉を下げる。

孝太朗に表情を見られないで済んだことが、皮肉にも今の日鞠にとっては救いになった。

「孝太朗さん。お風呂、いただきました」

「ああ。不便はなかったか」

「はい。さすがに浴室とキッチンまでの距離があれば、動きに不自由は出ないみたいですね」

身体からほかほかと湯気を立ち上らせた日鞠は、ダイニングチェアに腰を下ろす孝太朗に笑いかける。

孝太朗の視線はこちらを向かない。そうしなければ声が届かないからだ。

「孝太朗さんは、何をしているんですか？」

「明日の晩に出すことになる酒のつまみを考えている。茨木童子の好みに合わせて、旬の食材を使ったものをいくつかな」

「わあ……！」

ダイニングテーブルに広げられた孝太朗のノートを、距離を極力詰めて覗き込む。

そこには、秋の味覚を用いた様々なメニューが描かれていた。簡単な図案の横に、材料や味つけなどの文字が羅列されている。

「すごいです。どれもとても美味しそうですね」

「豆腐小僧が食材を調達する伝手があると言っていた。あとは知り合いの酒屋に頼んで、今の時期一等いい酒を準備する」

「……その料理を食べ終えた頃にはきっと、私たちも元の状態に戻っていますよね？」

思わずこぼれた問いに、ノートに落とされていた孝太朗の視線が上がる。

こちらに向けられた漆黒の瞳に、なぜだかぎゅっと胸が苦しくなった。自分がひどく情けなくなり、日鞠はそっと顔を伏せる。

「すみません。泣き言を言ってしまって。そもそもこうなったのは私の不注意のせいなのに。

孝太朗さんと縁切りされて、まだ一日半くらいしか経っていないのに」

「日鞠」

「孝太朗さんも類さんも豆ちゃんも、みんなみんな解決に向けて頑張ってくれているんですよね。私も明日元気に動き回れるように、もう休みますね」

「待て、日鞠」

日鞠に触れられない孝太朗の代わりに、管狐がしゅるりと日鞠の身体に巻きついた。

きゅう、と管狐が小さく鳴く。

大丈夫？　そう言っているような愛らしい声に、日鞠の瞳からぽろりと雫がこぼれた。

「そんな顔を見て、部屋に一人にさせるわけにはいかねえだろ」

「ご、ごめんなさい」

「日鞠。こっちを見ろ」

短く告げられ、日鞠はおずおずと後ろを振り返る。

ダイニングチェアから立った孝太朗が、テーブル越しに日鞠を見つめていた。

苦く笑ったあと、孝太朗はまぶたをそっと閉ざす。

「この距離じゃあ、涙も拭ってやれねえな」

「孝太朗さん……」

「なんだ」

「寂しいです」

堪えきれず吐露した言葉だった。

「孝太朗さんとこんな風に離れていなくちゃいけなくて、寂しいです。自分の身体が離れてしまうことも、孝太朗さんの身体が離れてしまうことも、どちらもとても悲しいです」

「……ああ」

「会話も、本当はちゃんと孝太朗さんの目を見て話したい。私、孝太朗さんの綺麗な瞳が好きですから」

「……」

「孝太朗さん？」

「俺も、同じ気持ちだ」

届いた言葉と同時に、孝太朗のまぶたが開かれる。

日鞠が慌てて目を閉じると、テーブルの向こうで彼が微笑む気配がした。

「お前に触れられなくなってわかった。自分は存外無意識にお前に触れていたらしい」

「……はい。私も少し驚きました」

日鞠と孝太朗は、交際を始めて三ヶ月が経つ。

しかし、いわゆる恋人関係から想起される行為——抱き締め合うとか、キスをするとか——といったことをするまでには至っていなかった。

だからこそ、凜姫にかけられた縁切りの呪いの影響も深刻ではないだろうと思っていたが、どうやら見込み違いだったらしい。

「お前は気づいてなかっただろうが、お前の頭を撫でようとした手が止まることも、片手の指じゃ数え切れねえほどあった。無意識っていうのは恐ろしいもんだな」

「ふふ。確かに孝太朗さん、よく私の頭を撫でてくれますもんね」

「それだけじゃねえ。他の男に触れられそうになるのを見ると、いつも以上に抑えが利かなくなってる」

「え？」

それは、昼間の茨木童子とのやりとりのことだろうか。

思いがけない告白に日鞠がぱっとまぶたを開くと、孝太朗は視線を脇に逸らし頭をかいた。

「喋りすぎたな。明日は忙しくなる。もう寝るか」

「は、はい」

頰に集まる熱を感じながら、日鞠は孝太朗の自室までの道をそっとあける。

テーブルに広げたノートを手早くまとめる孝太朗を、日鞠はぼうっと見つめていた。

孝太朗は、いつも冷静で聡明だ。

だからこそ今回のことも、不安を感じているのは自分だけだろうと思っていた。

「それじゃあ、お前ももう休めよ」

「孝太朗さん……大好きです」

孝太朗の視線が、こちらに向き直る。

二人の視線は重なっていたが、日鞠は構わずに言葉を続けた。

「声が届かなくても、この気持ちはずっと変わりません。たとえ遠く離れてしまっても、孝太朗さんが私のことを忘れてしまっても……私はずっとずっと、孝太朗さんのことを想っていますから」

ドキドキとうるさい自分の胸の鼓動を聞きながら、日鞠はふわりと笑みを浮かべる。

紡(つむ)がれた届かない言葉に、孝太朗は小さくこちらを睨(にら)んだあと、静かに視線を逸(そ)らした。

「今、なんて言った」

「ふふ。おやすみなさいって言いました」

「お前な」

いたずら心で誤魔化(ごまか)す日鞠に、孝太朗はため息を吐く。

すると次の瞬間、落とされていた孝太朗の視線が真っ直ぐ日鞠を射貫(いぬ)いた。

視線が絡んだ状態で、孝太朗の唇もまた、届かない言葉を紡いでいく。

「……っ！」

日鞠には聞こえないはずの、その言葉。

それなのに、その眼差しから、表情から、彼の伝えたいことがわかる気がして。

気づけば日鞠は、幸せに満ち満ちた心地で顔を熱く火照らせていた。

「こ、孝太朗さん」

「なんだ」

慌てて目を瞑った日鞠に、どこか楽しげに孝太朗が返事をする。

「その、今、なんて言ったんですか？」

「お前と同じだ」

「えっ」

「おやすみ、日鞠」

そう言うと、孝太朗は静かに自室へと戻っていく。

ダイニングに一人残された日鞠は、しばらく胸中を暴れ回るときめきを持て余していた。

翌日。

「ヤマビコさん、本当にありがとうございました。また今度、ぜひお礼をさせてください！」

紅葉した木々が生い茂る山の向こうへ、日鞠が声を張った。

するとすぐさま、「お礼をさせてください」「させてください」「くださーい」と同じ言葉が優しく返ってくる。

愛らしい返答に笑みを浮かべると、日鞠はすっかり大きく膨れ上がった鞄をよいしょと背負い直した。

「よーし。それじゃあ豆ちゃん、そろそろ行こうか」

「日鞠どのっ、やはりわたくしも荷物をお持ちしますゆえ、どうぞお渡しください！」

「ううん。今日の豆ちゃんの役目は、旬の食材を集めてくれたあやかしたちのところへの案内だもの。受け取った材料をカフェまで持ち帰るのは、私の役目だよ」

幾度となく繰り返される豆腐小僧の提案を、日鞠は笑顔で辞退する。

茨木童子をもてなす酒盛りの準備として、日鞠と豆腐小僧は早朝から街のあちこちを歩き回っていた。

豆腐小僧が事前に話をつけてくれていた街のあやかしたちの厚意で、すでに日鞠の鞄にはたくさんの秋の味覚が詰まっている。荷物持ちくらいは、身体の大きな自分がしっかり完遂したいのだ。

「でもこれで、予定していたあやかしさんたちのところは回り終わったね。ありがとう。これも豆ちゃんのおかげだよ」

「いいえいいえっ！　わたくしはただ、日頃お世話になっているお二人のお力になれればと考えただけですので……！」

じわわ、と頬（ほお）を赤く染めた豆腐小僧が、お盆の上の豆腐をぷるぷる震わせながら歓喜の踊りを見せる。

そんな可愛らしい様子にほっこりしたあと、日鞠は腕時計で時刻を確認した。

「そろそろお昼だね。類さんも知人の酒屋さんを回って、お酒を調達し終えてる頃かな」

「左様でございますね。あとはいただいた材料を、孝太朗どのの手で魔法のごとく調理していただくだけでございます！」

きらきらと瞳（ひとみ）を輝かせながら話す豆腐小僧に、日鞠も笑顔で頷（うなず）く。

昨夜の孝太朗が書いていたお酒のつまみのレシピたち。それが今夜目の前に揃（そろ）うのを想像するだけでも、わくわくしてしまう。それほどに、孝太朗の料理の腕は天下一品なのだ。

「今夜はお天気もすこぶるよいと聞いております。絶好の月見酒日和でございますね！」

「そうだね。あとは茨木童子さんと凜姫さんが、お互いに素敵な時間を過ごすことができればいいな」

今夜の月見酒開催の報せは、昨夜のうちに管狐によって件の二人にも伝えられていた。

街外れの橋から離れることのできない橋姫。

そんな彼女が今夜、長らく懸想してきた茨木童子と酒の席に着く。

もしも自分が橋姫の立場なら、今頃どんなことに思いを巡らせていることだろう。

期待と不安と緊張と、それから……それから。

「日鞠どの？　どうかいたしましたか」

「……ごめんなさい、豆ちゃん。やっぱりもうひとつだけ、豆ちゃんに頼みごとをしたいの。いいかな？」

「！　はい！　それはもう、なんなりと！」

日鞠の言葉に、豆腐小僧の瞳は一層輝きを増した。

素直に喜びを表してくれる少年に、日鞠も自然と笑みがこぼれる。

「して、日鞠どの。わたくしはいったい何をすればよろしいのでしょう？」

「できるだけ早くに、伝言をお願いしたいの。今からお話しする内容を……凜姫さん宛に」


そして迎えた、月見の宴。

街外れの橋のたもとまでやってきた日鞠たちは、孝太朗の指示のもとに準備を進めていた。

橋近くの広場に用意したシート代わりの茣蓙に、大きめの折りたたみテーブルを設置する。大皿の容器が手際よく並べられたあと、辺りにふわりと食欲をそそる香りが広がった。

「わあ……！　美味しそうな料理ですね。種類もこんなにたくさん！」

「天邪鬼な鬼野郎に妙なケチをつけられたくねえからな」

容器に詰め込まれていたのは、色とりどりの料理だ。

様々にテーブルを彩るそれらには、栗、さつまいも、ぎんなん、柿、きのこといった、街中のあやかしたちから譲り受けてきた秋の味覚がぎっしりと詰め込まれている。

「はあ……相変わらず孝太朗どのの料理の腕前は素晴らしいですね。その材料たちも、魅力たっぷりに調理されて、とても幸せそうでございます！」

「ま、今回は腕を振るわざるを得ないよねえ。なんてったって日鞠ちゃんとの縁の糸が絡んでるんだからさ？」

「る、類さんっ」

耳元でそっと告げる類に、日鞠の頬が赤く染まる。

同時に、周囲の風がひゅう、と一ヶ所に集まる気配がした。

渦を巻く強風の中から現れた人物に、日鞠ははっと目を見張る。

「いらっしゃいませ、茨木童子さん！」

せる。

「おーおー。随分嬉しそうに迎えてくれるじゃねえか、日鞠」

月夜を背に現れたのは、今回の主賓の一人である茨木童子だった。

気まぐれな彼にとって『得』になるものを用意できたことを知り、日鞠は思わず声を弾ませる。

「ちょうど準備が整った。茨木童子、お前の席はここだ」

「はあ。こりゃあすげえな。随分と気合いの入った酒宴じゃねえの」

どうやら想像以上のもてなしだったらしい。

孝太朗が腕によりをかけた料理は、類が調達してきたお酒に合うものばかりだ。

秋の味覚がふんだんに盛り込まれた品々がずらりと並んだ光景に、茨木童子は満足げな笑みを浮かべて指定された席に着いた。

「まあ、ここまで持て成されるのなら俺も断る理由はねえな。そんじゃ、遠慮なく酒と飯をいただくとするか」

「あ、ちょっと待ってください茨木童子さん！　その、まだ来ていない方がっ」

慌てて止めに入った日鞠の前に、光の粒が集まり出した。

満月の月明かりの中で、赤や黄色に染まった紅葉が一際美しく浮かび上がる。

ただし、それは本物の木の葉ではない。

月光に照らされていたのは、本物と見紛うような紅葉の刺繍が施された、この橋の主の着物だった。

「茨木童子さま。このたびはこのような街外れまでお越しいただきまして、深く感謝申し上げます」

現れたのはもう一人の主賓、凛姫だ。

先日とは打って変わり、どこか控えめな様子で、身体を深く折り頭を下げている。

伏せられた顔をそっと垣間見ると、その頬はほんのりと赤く染まっていた。

「へえ。お前が噂の凛姫か」

「左様にございます。この名を呼んでいただけるなど、身にあまる幸福にございます……！」

「どうやら今回は、ここにいる連中を巻き込んであれこれやってくれたようだなあ？」

「い、茨木童子さんっ」

余計な言葉が飛び出したことに日鞠はぎょっとする。

秋風がふわりと辺りを通り抜け、橋姫の長い髪を優しく梳いた。

「仰るとおりでございます。わたくしの拙い嫉妬心で、山神さまや日鞠さまには大変な気苦労をおかけいたしました。そのことについて、今更弁明するつもりはございません」

「凛姫さん……」

「それなのに、まさかこんなに素敵な場で茨木童子さまのお目にかかれるだなんて、思ってもみませんでした……」

顔を上げた橋姫の瞳には、うっすらと涙が浮かんでいた。

白い月明かりに包まれたその美しさに、日鞠は思わず目を奪われる。

「山神さま、日鞠さま。このたびは本当に申し訳ございませんでした。自分の嫉妬心を制御できずに、面倒ごとに巻き込んでしまいましたこと、この場で深くお詫びさせていただきます……！」

そう告げた橋姫は、胸の前で両手を合わせると静かにまぶたを閉ざした。

きらきらと瞬く光の粒が、日鞠と孝太朗の間に集まっていく。

それが一本の細い糸の形になった瞬間、粒子はふっと姿を消した。

「凜姫さん。あの、今のは……」

「お二人の縁の糸は、元どおりに修復させていただきました。もちろん、呪いの効果も完全に消失しておりますわ」

「……元どおり……」

呟いたあと、日鞠はゆっくりと視線を孝太朗へ向ける。

交わった視線にたぐり寄せられるように、日鞠は一歩ずつ距離を詰めていった。

腕を伸ばしても届かないほど遠くにいた彼に、恐る恐る手を伸ばす。

やがて迎え入れるように繋がれた大きな手のひらに、日鞠は息を呑んだ。

「っ、あ……」

「おい」

ふらりと足元が危うくなった日鞠を、孝太朗がすかさず支える。

元に戻ったんだ。本当に、本当に。

「こ、孝太朗さん……っ」

「泣くな。もう大丈夫だ」

「はい……！」

それでも、安心して身体の力が抜けてしまったらしい。

ふらふらと覚束ない足取りの日鞠を、孝太朗はそのまま横抱きに持ち上げた。

「きゃっ！　ちょ、孝太朗さん⁉」

「追加の料理はそのボックスに詰めてある。類、この場はお前に任せた」

「あー、はいはい了解ですよ。孝ちゃんは一刻も早く空白の時間を取り戻さなくちゃだもんね？」

わけ知り顔で手をひらひら振る類は、慌てふためく日鞠に愛嬌たっぷりのウィンクを飛ばした。

「さてさて。せっかくの月見酒なんだし、さっそくお酒と料理をいただこうか。凜姫はこの席、豆ちゃんはこの席ね」

「はわっ！　なんと！　わたくしの席までご用意いただけるのですか！」

「類さま。お気持ちはありがたいのですが、今回このような失態を演じたわたくしが、茨木童子さまのお隣に呼ばれるわけにはまいりません……！」

「酒の席でそんな固い話はなしだろ。それに、俺は楽しませてもらったぜ？　あのオオカミ野郎に一泡吹かせたお前の計略をな」

「！　茨木童子さま、それは真にございますか！」

なにやらおかしな方向に転がりそうな酒の席を背に、孝太朗は日鞠を車に座らせる。

「あとでちゃんと迎えに来てよねー！」

秋の夜長にそう叫ぶ類を尻目に、二人の乗る車は発進した。


その後二人は、言葉少なに帰宅した。

外づけの階段でも日鞠を抱き上げようとする孝太朗を必死に説得し、なんとか自分の足で玄関に入る。

「孝太朗さん」

「なんだ」

「ふふ、ただいまです」

「……ああ、おかえり」

何気ないやりとりに、思わず顔が綻(ほころ)んでしまう。

促されるままにダイニングチェアに腰を下ろすと、孝太朗は小鍋を火にかけ冷蔵庫から何かを取り出した。

容器に入れられていた材料を、日鞠はそっと覗き込む。

「孝太朗さん、それは？」

「薬膳(やくぜん)ドリンクの材料だ。ここを出る直前に下準備を済ませておいた」

火から下ろされた小鍋の中身が、ポットマットの上に置かれた耐熱ガラス製のティーポットに注がれ、用意された材料が手際よく入れられていく。

ほどよく温められたヨーグルトドリンクから顔を覗かせるのは、梨と柿のスライスだ。細かく刻んだ白きくらげは、アクセントになる楽しい食感を与えてくれる。最後にとろりと垂らされた黄金色のハチミツに、日鞠は思わず目を奪われた。

「今うちには、街中から集めた旬の幸がある。無事に帰ってきたら一番に、お前にこの薬膳(やくぜん)

ドリンクを出そうと思っていた」

「美味しそうです。これは確か、秋の季節におすすめの薬膳ドリンクですね」

「ああ」

ポットにたぷんと揺れる乳白色の薬膳ドリンクを、孝太朗がティーカップに注いでいく。

「外で作業が続いて冷えただろう。飲んで温まったほうがいい」

「ありがとうございます。いただきます」

ふわりと温かな湯気が、日鞠を優しく包み込む。

そっと口をつけた薬膳ドリンクから、深みのある味わいと優しい温もりがじわりと広がった。

梨の甘みと、柿のとろりと口に溶けるようなまろやかさもあとからゆっくり追ってきて、日鞠はそっとまぶたを閉じる。

「はあ……、とても美味しいです」

「俺が淹れたからな」

「ふふ、そうですね。孝太朗さんの淹れてくれる薬膳ドリンクは、いつもとても優しくて……大好きです」

少し恥ずかしい台詞だったかもしれないが、本心だった。

見つめ合って言葉を交わす。

もしかしたら、こんな当たり前のやりとりをすることも、もう二度と叶わなかったかもしれないのだ。

よかった。

無事にこの日常を取り戻すことができて、本当によかった。

「日鞠」

「え？　あ……」

不意に伸びてきた孝太朗の手が、日鞠の頬を撫でる。

そうされて初めて、自分が涙を流していることに気がついた。

「あ、あれ？　すみません、どうして私……」

「やっぱりな」

「え？」

「お前が泣いているときは、こうして拭ってやれるほうがいい」

孝太朗の指が、日鞠の頬を優しくなぞっていく。

心ごと労るような手つきに、日鞠は瞳から再び雫をぽろぽろとこぼした。

「ありがとうございます……。安心したら、気が抜けてしまったみたいです」

「縁切りされて、打開策を練って、月見酒……怒濤の三日間だったな」

「孝太朗さんにとっても、そうでしたか？」

「当然だろ」

ぶっきらぼうな返答に、日鞠の頬が緩む。

そんな様子を横目で見た孝太朗は、自らの薬膳ドリンクに静かに口をつけた。

「お前、豆腐小僧に凜姫宛に追加の伝言を頼んだそうだな」

「あ、はい。茨木童子さんは四季折々の風情を好まれると聞いたので、秋らしい装いで迎えられたらさらに喜ぶのではないか、と」

今回の出来事では確かに大変な思いをした日鞠だが、それとは別に橋姫の常日頃抱えている切ない恋心は理解できた。

そんな彼女が、想い人と会える貴重な機会。

少しでも彼女の力になれればと思い、急遽伝言を頼んだのだ。

「それであの姫が選んだのがあの紅葉柄の着物か。お前も大概お人好しだな」

「いいじゃありませんか。こうして問題も解決しましたし、あの二人もどうやら気が合いそうですから」

「それはそれで問題な気もするが」

くすくすと笑みをこぼす日鞠に、孝太朗の眼差し(まなざ)がそっと柔らかくなる。

いつものダイニング、いつもの席、いつもの距離感で佇む(たたず)二人を、温かな薬膳(やくぜん)ドリンクの香りがほのかに包みこんでいた。

第二話　十一月、雪女（ゆきおんな）と雪の妖精

初雪の気配がすぐそこまで感じられる、十一月初旬のある日。

「最近ますます寒くなってきたなあ」

ムートンコートの前部分をぎゅっと閉じ、ぽつりと独りごちる。

薄く白んだ空を仰ぎながら、日鞠は駅からの道を一人歩いていた。

今日はカフェの休業日ということで、孝太朗と類は車を出して近隣の取引先を回るらしい。冬に向けた食材や備品の買い出しだそうだ。

類は何やら文句を言っていたが、昼に日鞠の手料理をご馳走すると言ったことでひとまず納得したようだった。

「とはいえ私も、孝太朗さんほどの腕があるわけじゃないけどね」

苦笑を浮かべつつ、買い足してきた食材で作るメニューは、お鍋だ。

きっと二人とも身体を冷やして帰ってくるはずだ。和やかに暖を取るのには最適だろう。

駅前の図書館横を通り抜け、奥の通りを少し行ったところに自宅兼店舗の建物がある。

食材がぎっしり詰まったバッグを両手によたよたと歩いていると、辺りを一際冷たい風が吹き抜けた。

「うー、寒い……あれ？」

両手が塞がった日鞠の首元から、しゅるりとストールがすり抜けていく。

後ろを振り返ると、首に巻いていたはずのそれが強風で飛ばされてしまっていた。

「わわっ、ちょっと待って！」

思いのほか高く舞い上がったストールを、重い荷物を抱えた日鞠は慌てて追いかける。

しばらく追っていくと、上空を漂っていたストールが突如として日鞠のもとへ降下してきた。

ふわふわと舞い戻ってきたストールは、そのままお行儀よく日鞠の首元にくるりと巻きつく。

不思議な現象に思わず呆気に取られた日鞠だったが、続けて目の前に浮かび上がった存在に、あっと声を漏らした。

それは、見覚えのあるひょろりと長い胴に白の毛並みを持つ獣だった。小さな三角耳がぴくりと揺れ、つぶらな瞳がこちらを見つめる。

「管ちゃん？」

類のよき相棒であり、調査・諜報を得意とする憑きものの一種、管狐。

咄嗟にその名を口にしたものの、首元に結わえた紐が黒色なことに気づく。類が連れている管狐のそれは、鮮やかな朱色のはずだ。

「あなたは、はじめましての管狐さん？」

「……」

反応はない。それでも、日鞠のストールをわざわざ戻してくれたのは間違いなくこの子だろう。

「ありがとう。手が塞がっていたから、とても助かったよ」

日鞠はふわりと笑みを浮かべたが、結局管狐は鳴き声ひとつあげずに姿を消した。

できれば仲良くなりたかったけれど、人間同様あやかしにもそれぞれ個性がある。

もしかしたら、主のもとに帰るところだったのかもしれない。

「また会えるといいな……、あ、いけないいけない」

料理時間が残り少なくなっていることに気づき、日鞠は再び家路を急ぐ。

我が家の姿が見えてくる。幸い、隣接する駐車場に孝太朗たちが乗っていった車の姿はまだなかった。

「って……、え⁉」

しかしながら、その安堵もほんの一瞬のことだった。

自宅兼薬膳カフェの前に、白いワンピースの少女が倒れていたのだ。

買い込んできた食料を慌てて駐車場脇に置いた日鞠は、少女を抱き上げひとまず自宅へと運んだ。

見た目の年齢は、小学校低学年ほどだろうか。

少女を自室のベッドに横たえ、次に日鞠が取りかかったことは部屋の換気だった。

部屋の窓という窓を開け放ち、ひんやり肌寒い外の空気を入れ込む。

さらに、物置部屋から夏に世話になった扇風機を引っ張り出して起動させた。

少女の苦しそうな表情が和らいだのを見て、日鞠はほっと安堵の息を吐く。

「これで、少しでも快方に向かってくれるといいんだけど……」

先ほど抱き上げた少女の身体は、まるで氷のように冷たかった。

あまりの冷たさに思わずぎょっとした日鞠だったが、同時にとあることを推測した。

「この子……たぶん雪女の子ども、だよね……？」

改めて少女の身なりを眺める。

この寒空の下で、少女が着ていたのは白色のワンピース一枚だけだった。

その裾には、薄水色の雪の結晶を象った装飾がきらきらと瞬いている。

長く美しい髪は、未踏の雪原のようにどこまでも真っ白だ。

子どもらしくふっくらと膨らんだ頬に、唇はほんのり桃色が差している。

今も十分に美少女だが、大人になったらきっと驚くほどの美人になるだろう。

「あ、いけない。食料を外に出しっぱなしだった……、は、はくしゅ！」

ベッド脇から立ち上がろうとした瞬間、日鞠はたまらずくしゃみをしてしまう。

しかし少女が雪女だとすれば、暖房器具はつけていられない。

看病のために最大限冷え込ませた室内で、日鞠は自分の身体をぎゅっと抱き締めた。

「くしゅん！　ふう、やっぱり北海道の冬は東京と違うなあ」

「……ん」

そのとき、ベッドの少女が小さく身体を捩った。

慌ててベッド脇に膝をつくと、少女のまぶたがそっと持ち上がる。

宝石を思わせるような、きらきらと光り輝く瞳だった。

「気がついた？　具合はどうかな」

「……ここ、は？」

「ここは駅近くの薬膳カフェだよ。カフェの前であなたが倒れているのを見つけて、二階の家に運ばせてもらったの」

「薬膳カフェ」

「うん」

「……山神さまの？」

ぽつりと呟かれた言葉とともに、少女の水色の瞳がぱちりと見開かれる。

次の瞬間、周囲に小さな光の粒子が集まり、少女の身体が足元からみるみる透明な氷に包まれていった。

「きゃっ、こ、氷⁉」

「あ、ご、ごめんなさいっ。大丈夫、今溶かすから……！」

少女の足元に現れた氷は、宣言どおりすぐに溶けてなくなっていく。

どうやら落ち着いたらしい少女に、日鞠は優しく笑顔を向けた。

「私は、薬膳カフェで働いている桜良日鞠っていうの。あなたのお名前を聞いてもいいかな」

「わたしの名前は、深雪。ここから少し離れた森林公園に棲んでるの」

「深雪ちゃん。可愛い名前だね」

「おねえちゃん、わたしの姿が見える人なんだ」

「ふふ。実はそうなの」

不思議そうな深雪に、日鞠はえへんと胸を張った。

「深雪ちゃんは氷を操れるんだね。もしかして雪女さん、なのかな？」

「うん、そうだよ。まだ土地の雪降らしも任されていない、半人前の雪女だけどね」

ゆっくりと上体を起こした深雪は、少し恥ずかしそうに告げる。

先ほど倒れていたときと比べて顔色も随分といい。

やはり暖房をつけなくて正解だったと、日鞠は密かに胸を撫で下ろした。

「それにしても、深雪ちゃんはどうしてカフェの前で倒れていたの？　このカフェに何か用事があったのかな」

尋ねる日鞠に、深雪はこくりと頷いた。

「驚かせちゃってごめんなさい。ここに来るまでいろいろと考え込みすぎて、体力を使い果たしてしまったみたい。でもわたし、どうしても山神さまに相談したいことがあって……！」

「日鞠。帰ってるか」

そのとき、部屋の向こうから低い声がした。

玄関口から届いた人の気配に、日鞠はぱっと顔を上げる。

「ちょうど帰ってきたみたい。ちょっと待っててね」

「あ、は、はいっ」

緊張した面持ちの深雪に笑いかけ、日鞠は部屋からひょこりと顔を出す。

「孝太朗さん、類さん、おかえりなさい」

「ただいま。中にいたか」

「よかったー、食料が駐車場に置かれたままだったから、日鞠ちゃんに何かあったのかと思ったよ」

「あっ、すみません。色々慌ててていて、中に入れそびれていました……！」

「っていうか、え、寒！　どうしたのこの家、なんなら今いた外より寒い気がするんですけどっ⁉」

孝太朗とともに家に上がった類が、冷え切った室内に悲鳴を上げた。

「そうなんです。実は先ほど、雪女の女の子を店先で保護しまして」

「雪女？」

「や、や、や、山神さまっ！」

振り返ると、いつの間にかベッドから抜け出したらしい深雪がこちらを見つめていた。

その顔は、先ほど穏やかに会話をしていたときとは比べものにならないほどに強張っている。

まった。

「深雪ちゃん！　無理しないで、まだ横になっていたほうが」

「わ、わ、わ、わたし！　山神さまに、どうしてもご相談したいことが……！」

懸命に声を張る深雪は、じわじわとその頬を赤く染め上げる。

そして少女の身体は、孝太朗の返答を待つことなく、再び現れた氷の中に包み込まれてしまった。

「わたし、昔からものすごいあがり症なの」

再び日鞠のベッドに横たえられた少女が、しょんぼり眉を下げながら告げた。

深雪の状態が落ち着いたこともあり、ひとまず部屋の窓は閉ざされ、扇風機も停止している。

「緊張するとすぐに身体が氷漬けになっちゃって……迷惑をかけて、本当にごめんなさい」

「気にしないでいいよ。初対面の人に会うときって、誰でも緊張するよね」

「そーそー。それに、相手があの無愛想で目つきの悪い山神サマだったら、余計緊張もするよねえ。仕方ない仕方ない」

「もう、類さん」

日鞠の後ろからあっけらかんと宣う類を、日鞠は短く窘める。

少々失礼な発言ではあるが、これも少女の気を軽くさせるための気遣いなのだろう。

「日鞠。入るぞ」

「孝太朗さん。どうぞ」

話の渦中にいた人物の登場に、ベッドの中の少女は再び緊張したようだった。

日鞠が買ってきた食料を仕舞ったあと、孝太朗は一人キッチンで黙々と何かを調理していた。

そして今、彼が手にしているトレーには、ここ最近は店で見ることがなくなった薬膳茶(やくぜんちゃ)がたぷたぷとポットの中で揺れている。

「目が覚めたなら、これを飲んでおけ」

「や、や、や、山神さまっ、その、わたしっ」

「話はあとで聞く。お前が気を落ち着けなけりゃ、また氷漬けになるのが目に見えてる」

焦る深雪に、孝太朗がぴしゃりと言いつける。

確かにそのとおりだが、容赦のない物言いに日鞠と類は密かに苦笑を交わした。

ベッドの上で硬直した少女に代わって、日鞠がトレーを受け取る。

「孝太朗さんが作った薬膳茶(やくぜんちゃ)は、他のどんな飲み物よりも身体に優しいんだよ。どうぞ飲んでみて」

用意されたのは、夏の薬膳カフェでよくオーダーされていた、身体の熱を逃がし涼むための薬膳茶だった。

涼しげな色彩の緑茶の中に、美しく咲くキクの花と梨のスライスがぷかぷかと浮かんでいる。底に揺れているのは食べやすい大きさに輪切りにされたバナナだ。

孝太朗が薬膳茶を注ぐと、グラスに用意されていた氷がカラン、と小さく音を立てた。

「わあ、冷たい……美味しい！」

「俺が淹れたからな」

ぽつりとこぼれた少女の感想に、孝太朗が短く答える。

遠慮がちだった少女の飲む速度は徐々に増していき、ポットの底のバナナまで美味しそうに口に頰張った。

いつの間にか日鞠たち用の温かな薬膳茶も用意され、室内は豊かな薬膳茶の芳香に満ちていく。

「ごちそうさまでした。山神さまの薬膳茶、とてもとても美味しかったです」

カップの中身を飲み干した深雪は、すっかり落ち着きを取り戻した様子だった。

ふう、とひとつ息を吐くと、改めて孝太朗に向き直る。

「お願いがあります、山神さま。今度行われる雪女の試験に合格するために、わたしに力を貸してください……！」


駅周辺の街並みから伸びる真っ直ぐな道を、車が静かに進んでいく。

しばらくして見えてきた道を左折すると、次第に周囲は生い茂る木々に覆われていった。

少し視界が開けた先は、どうやら駐車場になっているらしい。

立て看板が迎えるその場所に、孝太朗の運転する車が停まった。

「わあ……ここが、野幌森林公園……」

駐車場に降り立った日鞠は、その光景に思わず目を輝かせた。

この季節はすでに落葉を終えた木も多く、枝葉の隙間からは鮮やかな青空が覗いている。

車から降りた孝太朗と類もまた、白い息を吐きながら雄大な自然をゆっくりと見渡した。

「車で十数分のところに、こんなに素敵な場所があったんですね」

「ああ。札幌市、江別市、そして北広島市の三つの市にまたがる、自然公園だ」

「大都市に近いのに色んな動植物を見ることができて、自然観察やバードウォッチングに来る人も多いんだよ。エゾリスとか、エゾモモンガとか、フクロウとかね」

「わあ、可愛い出会いがありそうですね」

動植物がのびのび生きる場所。

日鞠たちがいるのは公園の東側中央に位置する駐車場だが、そこに立つだけでも待ち受ける自然の雄大さが伝わってくる。

「日鞠、寒さは大丈夫か」

「はい。今日は中もしっかり着込んで、暖かいマフラーも巻いてきましたから」

昨日風に飛ばされてしまったストールよりも、今首に巻いているマフラーのほうが厚みもあって暖かい。

日鞠たちの街と同様に辺りに雪の姿はまだないが、いつ降ってもおかしくないほど空気はきんと冷え切っていた。

「歩いていれば身体も温まるが、汗が出ると立ち止まったときにかえって冷えることもある。無理はするなよ」

「はい。わかりました」

「ねえねえ孝太朗。大切な幼馴染み(おさななじ)の類クンにも、労りの優しい言葉は？」

「お前は寒けりゃ狐の姿にでもなってろ」

「うわあ、温度差が凄まじくて風邪引いちゃいそう」

シンプルな灰色のチェスターコートにマフラー姿の孝太朗の辛辣な言葉に、キャラメル色のダウンコートとチェックのマフラーをまとった類がけたけたと笑う。

暖かな冬服スタイルでも、各々の性格の違いが感じられる二人。街中で見かければモデルと見誤るような格好よさなのに、話す内容はまるでじゃれ合う子どものそれだった。

「そろそろ行くぞ。午後からの開店準備に間に合わなくなる」

「はい。行きましょうか」

先を行く孝太朗のあとに続き、日鞠たちも森林公園に伸びる遊歩道へと歩みを進めていった。


「あっ、また！　また聞こえました……！」

耳に届いた鳥の鳴き声に、日鞠は声を弾ませた。

「ヒーヨ、ヒーヨって鳴いていますね。どこにいるんでしょうか」

「ヒヨドリだな。あの木の細い枝の先にいる。頭に少し長い羽毛があって、茶色の頬をしている」

「わっ、見えました。意外と大きいですけど、可愛い鳥ですね」

「この森でよく見る鳥のひとつだねえ。あとの鳴き声はクマゲラとか、シジュウカラとかかな」

遊歩道を進み始めてから間もなく、鳥たちの愛らしい鳴き声があちらこちらから聞こえていた。

落葉が進んだこの時期はその姿も拝みやすく、日鞠は鳥を目にする度に胸をきゅんとときめかせてしまう。

「この大きな森林公園が、深雪ちゃんの棲み家なんですね。確かにこんなに深い自然の中なら、あやかしの姿があってもおかしくない気がします」

昨日薬膳（やくぜん）カフェの前で倒れていた、雪女の少女。

日鞠たちが本日この場所を訪れたのは、彼女のあるお願いが原因だった。

「この街に雪を降らせる雪女を決定するための試験がある、というお話でしたよね」

確かめるように口にした日鞠に、孝太朗と類が揃（そろ）って頷（うなず）いた。

深雪の話によると、昨シーズンまでこの街に雪を降らせていた雪女が、突如引退することになったらしい。

そのため、その任を引き継ぐ新たな雪女を選任することになった。

深雪はこの街を気に入っているため、ぜひとも後任の雪女になりたいのだという。

彼女は試験に合格するべく、毎日懸命に特訓に励んでいた。

しかし、いざ試験となると途端に緊張してしまい、うまく能力が扱えなくなってしまう。

そこで、ぜひ一度山神である孝太朗に自分の実力を見に来てもらい、何か助言を賜りたい――それが深雪の願いのおおよその内容だった。

「深雪ちゃん、今日もその試験に向けた特訓をしているんでしょうか」

「そうだろうねえ。なにせわざわざ薬膳（やくぜん）カフェにまで出向いて、山神さまに助けを求めるくらいだから。よっぽどその試験に合格したいんだね、深雪ちゃんは」

「突然失礼いたします。薬膳（やくぜん）カフェからお越しの、山神さま、類さま、日鞠さまでございますね」

　不意に聞こえてきたのは、可愛らしい子どもの声だった。

　驚いて辺りを見回しても、人の姿はどこにも見当たらない。

　すると次の瞬間、三人の前に白くて丸い雪がふわりと舞い降りた。

「お初にお目にかかります。友に頼まれ、特訓の広場まで皆さまをご案内するため参上しました」

「あ……」

　いや違う。雪じゃない。鳥だ。

　ふわふわと丸みを帯びた、愛らしいフォルム。

真っ白な身体に、つぶらな瞳と小さなくちばし、黒色の交じった尾が映えていて、魅力をさらに倍増させている。

可愛い。小さくてまん丸でふわふわで、すごくすごく可愛い。

思わず見惚れてしまう日鞠をよそに、孝太朗はすぐに状況を把握した。

「シマエナガか。友人というのは、雪女の深雪だな」

「左様にございます。失礼ながら、あなたさまが山神さまでございますね」

「ああ」

「シマエナガ？」

聞き慣れない名に、日鞠は首を傾げる。

「シマエナガは主に北海道に生息する野鳥だ。シマエナガの『シマ』は本土から離れた土地、つまり北海道の意味で、『エナガ』は、長い柄をもつ柄杓を模してそうつけられたらしい」

「日本に生息する鳥では最小級の、白くて可愛い鳥だよねえ。よく『雪の妖精』なんて呼ばれてるんだよ」

「わあ、『雪の妖精』ですか。確かに、雪のように綺麗な白ですもんね」

ふわりと笑みをこぼした日鞠に、シマエナガはどこか照れくさそうに目を細めた。

「大変恐縮にございます。目的地は、雪女の他には許された者しか立ち入ることのできない特別な広場。皆さまどうぞわたくしを目印にしておいでください」

シマエナガの可愛らしい案内に従って、日鞠たちは歩みを進めていく。

「足元にお気をつけくださいませ。目的の場所まで、あと少しでございます」

「ああ。問題ない」

「ありがとう、シマエナガさん」

チョンチョン、と小枝に留まってはこちらを気遣う様子に、思わず顔が綻んでしまう。

「シマエナガさん。確か、今回深雪ちゃんが受ける試験の内容は、この公園内に完璧な雪を降らせること、なんだよね？」

「左様にございます。雪女に代々伝わる『雪降らしの舞』によりこの園内を雪で包み、その速さと正確さ、美しさを他の候補者の方と競うというわけです」

先代から引き継ぐ雪女の任は、街全体の雪を操ること。

この森林公園内に正確に降雪させる力がなければ、街全体の降雪も任せるわけにはいかないというわけだ。

「今回の候補者は深雪を含め計五名。その中で深雪は一番年下で経験も少ないですが、生まれてから今日までずっとこの街に棲んでまいりました」

シマエナガの口調が、徐々に強い熱を帯びていく。

それがそのままシマエナガが抱く深雪への親愛に思え、日鞠は胸が温かくなった。

「深雪ちゃんはこの街が大好きなんだね」

「ええ。僭越ながらわたくしも、深雪の力になれればと日々特訓に付き合いを。とはいえ、広場の脇で応援するのが精々なのですが」

「そうなんだ。そんなに熱心に応援してくれる親友がいて、深雪ちゃんもきっと励みになってるね」

日鞠の言葉に、シマエナガがつぶらな瞳を瞬かせる。

「私も、この街に雪を届けるのは深雪ちゃんであってほしいな。そのためにも、ぜひ協力させてもらうね」

「ありがとうございます、日鞠さま。あっ、特訓用の広場が見えてまいりました……！」

翼を広げ、シマエナガが小枝から勢いよく羽ばたく。

白い影が滑空していった先に現れたのは、円形の大きな広場だった。

そして、日鞠は広場の中央で佇む白い少女の姿にはっと息を呑む。

とん、と地面を軽く蹴った少女は、まるで翼が生えているかのように身軽な動作で舞い始めた。

その指先から光の粒が流れ出し、周囲の草木に雪をまとわせていく。

どこか神々しくも無邪気にも見える美しい舞に、日鞠たち三人はもちろん、シマエナガも口を開くことなく見入っていた。

徐々に雪の白が広がりを見せていく中、こちらに気づいた少女の顔が強張ったのがわかった。

「山神さま！　もう来てくれたの……って、わ、わわ⁉」

「深雪っ！」

日鞠たちが見ていることに気づいた瞬間、順調だった深雪の舞が崩れた。

生み出していた雪の制御が利かなくなり、みるみるうちに一ヶ所に大きな雪山ができてしまう。さらに生じた氷の塊につまずいた深雪は、勢いよく尻餅をついてしまった。

慌てて駆け寄る日鞠たちよりも早く、シマエナガが深雪のもとへ飛んでいく。

「い、たたた……ああ、またやっちゃった」

「深雪！　ケガはない？　大丈夫？」

そう言って深雪の眼前まで進んだシマエナガは、サク、と雪原に足をつけた瞬間その姿を変えた。

白い羽毛に包まれた身体は、丸みを帯びた白いショートヘアと白いふわふわのコートに変化する。

翼は背中に残したままに、人間と同じ手足が現れ、その手が転んだ深雪にそっと差し伸べられた。

美少女二人が、笑顔で手を取り合う光景。

あまりの美しさに、日鞠は遠くからほう、と息を漏らした。

「シマエナガさんも、人間の姿になれたんですね……」

「長い時間を深雪のそばで過ごしたから、あやかしの力が移ったんだろうな。そんなに珍しいことじゃねえよ」

そういうものなのか。

もとより『雪の妖精』と称されているシマエナガだ。

人間の姿になったとしても不思議はないのかもしれない。

「ありがとう、しーちゃん。へへ、またやっちゃったよー」

「でも、随分と動きがよくなってると思うよ。こっちに気づくまでは、能力の使い方もほぼ完璧だったじゃない」

「うーん。でも、本番は他の候補者と試験監督の先代さまも見てる中で、完璧な雪を降らせないといけないから……」

言葉の節々に悔しさを滲ませ、深雪はしょんぼり肩を落とす。

日鞠はそんな少女のもとへ歩み寄ると、小山になっていた先ほどの雪を両手で掬い上げた。

「わ、すごい。深雪ちゃんの雪、白くてきらきらしてるね」

手のひらに沁みてくる冷たい感触に、ふふっと笑みを漏らす。

それから「やあ！」と空高くに雪を飛ばすも、不完全に固まった雪の塊がぱらぱらと辺りに散らばるだけだった。

「日鞠おねえちゃん……？」

「はは。やっぱりさっきの深雪ちゃんみたいに、綺麗に雪を降らせるのは難しいね」

「それはそうだ。深雪は雪を投げているわけじゃなく、生み出しているんだからな」

後ろから孝太朗が少し呆れた口調で言う。

少し照れくささを覚えながら、日鞠は二人の少女の近くにそっとしゃがみ込んだ。

「私ね、春まで東京にいて、雪に触るのは子どもの頃以来なの。何十年ぶりに見た雪が、深雪ちゃんが作った雪で嬉しいな」

「……本当？」

「もちろん。さっき雪を降らせていた深雪ちゃん、綺麗だったよ。とても楽しそうだったし、格好よかった」

深雪の水色の瞳がきらきらと輝き、頬がぶわっと紅潮していく。

そんな少女ににこりと笑みを向け、日鞠は労るように優しく頭を撫でた。

「ねえ深雪ちゃん。深雪ちゃんは、シマエナガさんのことを『しーちゃん』って呼んでるんだね」

「そうなの。可愛い名前でしょ？　しーちゃんに頼まれて、わたしが考えたんだよ！」

「うん、とっても。シマエナガさん。もしよければ私も今から『しーちゃん』って呼ばせてもらってもいいかな？　私のことも、今から『さま』づけはなしにしよう！」

「喜んで！　では、僭越ながらわたくしも『日鞠さん』とお呼びしますね」

広場に少女たちの笑顔が戻る。

夢を胸いっぱいに秘めた深雪と、それを一生懸命応援するしーちゃんの姿に、日鞠は心からこの子たちの力になりたいと思った。


その後深雪は気合いを入れ直し、試験を見据えた『雪降らしの舞』を披露してくれた。

「ひゃっ！　あ、足が滑って……」

「ああっ、今度は雪を出しすぎちゃった！」

「あ、あ、あれっ、身体がまた凍りついて……？」

「深雪！」

「深雪ちゃんっ、大丈夫!?」

ところが、何度繰り返しても、今いる広場全体を雪色に染めることすらままならない。

試験で雪を降らせるのはこの森林公園全域。

思わず気が遠くなってしまうほどの広さだ。

素早く駆け寄ったしーちゃんに続き、日鞠も足元が氷漬けになった深雪のもとへ急いだ。

「うう、ごめんなさい。またまた失敗しちゃった……」

「またこちらの様子を気にしてしまったでしょ。深雪は少しでも感情が揺れると、緊張で凍ってしまうから」

「いいんだよ気にしないで。大人数でぞろぞろ来ちゃったから、深雪ちゃんだって緊張して当然だよね」

「もともとこの人数で来てほしいと言ってきたのは、こいつのほうだがな」

「もう孝太朗さん、余計なことを言っちゃいけません！」

しれっと口を開く孝太朗を、日鞠が慌(あわ)てて窘(たしな)める。

そんな二人を見つめ、傍(かたわ)らの類はくすくす笑っていた。

「きっと深雪ちゃんは、助言の数は多いに越したことはないと思ったんだよね。その分緊張するリスクはあるけれど、そうまでしてもこの試験を突破したいってことかな」

「……うん。だってこの街に雪を降らせる立派な雪女になることが、わたしの夢だったから」

身体に張りついた氷をパラパラと落としきり、深雪は改めて日鞠たちを見上げる。

「山神さま、日鞠おねえちゃん、類おにいちゃん。わたしの舞を見て、何かアドバイスはありませんか！」

「どんな小さなことでもよいのです。深雪のために、ぜひともご助言をお願いいたします！」

深雪の隣に並んだしーちゃんも、大人三人に向かって懇願する。

「何かアドバイス……私としても、是が非でもしたいところなんだけど」

当然ながら日鞠は、生まれてこのかた自分の手から雪を生み出した経験はない。

「日鞠ちゃんは正真正銘人間だし、俺も孝太朗も雪を生み出す術は持ち合わせていないんだよねえ。だから、術に関する直接的なアドバイスはちょっと期待できない、かも？」

困ったような笑みを浮かべ、類が現状を二人に伝える。

「そ、そうなの？　山神さまも？」

「そうだな」

どうやら山神である孝太朗になら、何かとんでもない秘策を授けてもらえると考えていたらしい。

あっさり返された言葉に、二人の少女はしばらく呆然としていた。

「そうなんだ……でも、そうだよね。そんな簡単な話があるはずないよね」

「っ……、申し訳ございませんでした！」

沈んだ表情の深雪の隣で、しーちゃんは顔を真っ青にして頭を下げた。

「このたびの無礼をどうかお許しください。そもそも山神さまに相談しようと提案したのはわたくしです。そのせいで皆さまにも、とんだご足労(そくろう)を……！」

「違うよ！　山神さまに頼ろうと決めたのはわたし自身で、しーちゃんのせいなんかじゃ」

「落ち着け。俺だって、何も考えずにここまで来たわけじゃねえよ」

低い声で発せられた言葉に、深雪はびくりと肩を揺らす。

「雪を生み出す術については、俺からは何も教えようがない。ただ、そもそもお前に足りてねえのは、雪女としての素質云々じゃねえ気がしたんでな」

「え、あ……」

「おい。聞いてるのか」

深雪に注がれる、孝太朗の強い視線。

その長身に作られた影に包まれ、深雪はみるみる顔を強張らせた。

パリ、パリパリパリ。

「深雪！」

次の瞬間、空を裂く鋭い羽音が耳に響く。

気づけば深雪の視界を塞ぐようにして、しーちゃんの翼が目一杯に広げられていた。

「ふー……危なかった。深雪、また足元が氷漬けになるところだったよ」

「ご、ごめん。わたしってばつい」

どうやら孝太朗相手に再び緊張してしまった深雪の気を、しーちゃんがうまく逸らしてくれたらしい。

少女の足元を固めつつあった氷の柱が、みるみるうちに姿を消した。

「あはは、深雪ちゃんは悪くないよー。どっちかというと今のは、こんな小さな少女相手に無遠慮にメンチ切ってた孝太朗のせいだからさ」

「別にメンチを切った覚えはねえ」

「は、はは……」

不本意そうに顔をしかめる孝太朗に、日鞠は密かに苦笑する。

孝太朗はよくも悪くも、相手によって態度を変えることはしない。

それがわかっている者ならば問題ないが、初対面に近い少女から見るとどうしても萎縮してしまうのだろう。

「でも、確かに孝太朗が言うことも一理あるかもねえ。さっき俺たちに気づく前の深雪ちゃんなんて、すごく自然に辺りに雪を降らせていて、表情なんかもすっごくチャーミングで素敵だったよ？」

「チャーミング？　ほんと？」

「ほんとほんと。類おにいちゃんは、冗談は言うけど嘘は言わない主義だから」

「そいつは初耳だな」

ぽそりと呟く孝太朗に、日鞠がしーっと口元に指を立てる。

「深雪ちゃんが緊張に振り回されないで自分の力を出し切ることができれば、自然と試験でも結果を出せるんじゃないかなあ。例えば試験のときと同じ状況を作って、それに慣れておくとか？」

「確かに。試験当日には、先代の雪女さんと候補者の子たちが揃うんだよね？　候補者の子たちは無理だとしても、先代の雪女さんにお願いして特訓に付き合ってもらえれば……！」

声を弾ませた日鞠に、深雪が眉を下げて口を開いた。

「でも、先代さまはご多忙で、とてもわたしの特訓に付き合う余裕なんてないの。そもそも候補者の一人に力を貸すこと自体、禁止されてると思うし……」

「あ……そっか。そうだよね」

試験の公平性を鑑みれば、監督でもある先代の雪女が深雪一人に肩入れするわけにはいかないだろう。

「先代の雪女さん自身なら駄目だろうね。でも、ただのソックリさんだったら……どお？」

類の口元が、ふっと柔らかな弧を描く。

すると、突如類の背後から現れた管狐の管ちゃんが、宙に浮くマフラーのように類の首元に巻きつき、そして離れていった。まるで、何かをこっそり耳打ちするかのように。

「類さん、いったい何を？」

「管ちゃんが集めた情報によると――こんなところかな？」

にこりと笑ったあと、類はそのまますっと顔を伏せる。

次に顔を上げた類は、すでに日鞠の知る「類」の姿ではなかった。

白い着物に、雪の結晶の刺繍が施された水色の帯を締め、水色の絹のような長い髪をなびかせるその姿。それは、どこからどう見ても『大人の雪女』だった。

「深雪。今日も特訓しているのね。感心だわ」

妖艶な微笑みをたたえるその姿に、二人の少女は目を丸くした。

「え、ええ？　先代さま？　類さん？　ええっ？」

「驚きです……本当に本当に、類さんですか……?」

「そうよ。顔も服も声も、先代さまにそっくりでしょう」

深雪たちに顔を近づけた雪女——もとい類が、にっと無邪気に笑ってみせる。

類が別人に変化（へんげ）するのを、日鞠は前にも目にしたことがあった。それでも、類の要素をひとつも残さない圧倒的なクオリティーの変化（へんげ）には、やはり毎回驚いてしまう。

さすがは狐のあやかしの血を引く彼だ。

「これからは、できる限り俺がこの姿で特訓に付き合うことにするよ。試験本番の空気でも深雪ちゃんが全力を出せるようにね」

狐の本業は化けること。以前彼が口にした言葉を、日鞠は改めて実感した。

野幌森林公園へ赴（おもむ）いた日の夜。

「孝太朗さん?」

「日鞠か」

ダイニングキッチンからの戸棚を開ける音に気づき、日鞠はそっと自室の戸を開ける。

すると部屋着のスウェットをまとった孝太朗が、戸棚に仕舞われていた小さな木箱を手にしているところだった。

「悪いな。起こしたか」

「いえ、まだ起きていましたから」

言葉を返しながらも、日鞠の意識は孝太朗の手元に向いていた。

孝太朗がテーブルに置きふたを開けたそれは、薬箱だ。

小さなケガをしたときや体調不良のときなど、日鞠もよく中に収められた薬にお世話になっている。

しかし、孝太朗が日鞠の手当以外でそれに手を伸ばすのは、改めて考えると初めてのことだ。

「もしかして孝太朗さん、どこか具合が悪いんですか？」

「大したことじゃない。古傷が少し痛むだけだ」

「古傷……」

日鞠の頭をよぎったのは、二十一年前の出来事だった。

当時まだ子どもだった孝太朗は、とある罠（わな）に捕らわれてしまい、左腕を負傷した。

幼い日鞠が懸命に手当を施したものの、そこにはまだ痛々しい傷痕が残っている。

思わず表情を固くした日鞠に、孝太朗は静かに口を開いた。

「少し引きつるような感覚がするだけだ。急に冷え込んでくると、こういうことは珍しくない」

　そう言うと、孝太朗は薬箱の中から小さな茶色いガラスの容器を取り出す。

　ふたを開けると、中には薄い緑色のクリームが収まっていた。

　テーブルに置かれたそれに歩みを寄せると、ふんわりと覚えのある優しい香りが届く。

「それは……？」

「昔から世話になってる保湿クリームだ。そろそろ必要だと、昨日のうちに作っておいた」

「えっ、孝太朗さんの手作りなんですか？」

　驚く日鞠に、孝太朗は当然のように頷く。

「シアバターに馬油、ヨモギの他にも数種類の薬草を煎じてある。色々試してきたが、この配合が一番この傷には合う」

「そうなんですか。さすが『魔法の薬草』ですね」

「ああ。そうだな」

　ふわりと微笑む日鞠に、孝太朗も柔らかく目を細める。

　魔法の薬草。それは生前あやかしたちに慕われていた日鞠の祖母が使っていた、ヨモギの葉の愛称だ。

　日鞠の遠く薄らいだ記憶の中でも、優しく凛とした祖母の姿ははっきりと思い出せる。

この街に自分を導いてくれた、日鞠の大切な人だ。

「お前はそろそろ休め。これを塗ったら俺も寝る」

「でも孝太朗さん、片手で肘にクリームを塗るのは少し難しくありませんか。よければ私が、代わりに塗りますよ」

何気ない言葉だったが、孝太朗は驚いたように目を見開いた。

こちらをじっと見つめる瞳に、日鞠は妙な気恥ずかしさに駆られ始める。

あれ。もしかして、男の人に対して少し大胆な提案だっただろうか。

いやでも肘だし。自分じゃ少し見えづらい場所だし、他意はまったくないのだけれど……！

「す、すみません。もしかして、余計な申し出でしたか」

「いや。少し驚いただけだ。これを塗るときはいつも一人だったからな」

ダイニングチェアに腰を下ろした孝太朗は、テーブルに置いたクリームを日鞠のほうへ差し出した。

「頼む」

「あ、はい。もちろんです！」

「それから、上のスウェットを脱ぐが問題ないか」

「もちろ……、……へ？」

沈黙。

瞬きも忘れ、ぴたりと動きを止める。

スウェットを脱ぐ。スウェットを脱ぐ。

スウェットを、脱ぐ？

短い沈黙のあと、日鞠は顔から火が出そうな心地になった。

「え、え、ええっ？」

「あー……悪かった。今のはいったんなしだ」

自分が言葉足らずであったことに気づいたらしい。

孝太朗は仕切り直すように首を振った。

「この肘の傷痕だが、上腕のほうまで伸びていてな。袖をまくっただけじゃ袖口にクリームがつくから、塗るときはいつも上を脱いでるんだよ」

告げられたのは、至極納得のいく理由だった。

頬の熱を誤魔化すように、日鞠は努めて明るく答える。

「あ、な、なるほど！　わかりました、いいですよ……！」

「悪いな」

孝太朗はそう言うと、躊躇いなく上のスウェットを脱ぎ去った。

突然目の前に晒された、黒タンクトップのみをまとった彼の姿に、日鞠の心臓が大きく音を鳴らす。

差し出された孝太朗の腕は、日鞠と比べ筋肉を感じさせるしなやかな筋が入っていた。

孝太朗は男性なのだと、改めて実感させられる。

「よろしく頼む」

「はい……」

隣の席に腰を下ろした日鞠は、胸の高鳴りを感じながら容器をそっと手に取る。

クリームを指で掬う。思ったよりも柔らかい質感だ。懐かしいヨモギの香りがふわりと辺りに広がった。

「じゃあ、触りますね。失礼します」

「ああ」

肘の古傷にそっと触れる。

少し固く引きつった痕の上に、日鞠は想いを込めてクリームを伸ばしていった。

早く痛みが引きますように。孝太朗さんが元気いっぱいになりますように。

「こうしていると、まるで二十一年前に戻ったみたいですね」

「そうだな」

ふと日鞠の口からこぼれた呟きに、孝太朗も短く返す。

二十一年前に罠にかかった孝太朗を手当てしたあと、日鞠はすぐに遠方の養親に引き取られた。

それが大人になり、二十一年経ってこうして再び孝太朗の傷に魔法の薬草を使ったクリームを塗っている。

奇跡のような縁に、日鞠の胸がじんと温かくなった。

「今はもう、私がそばにいますからね」

日鞠の言葉に、孝太朗は目を瞬いた。

「だから無理をしないで、これを塗るときはいつでも呼んでください。孝太朗さんはもう、一人じゃないんですから」

「……ああ、わかった」

「よーし。塗り終わりましたよ」

まだ少しべたつきが残る箇所にそっとティッシュを当て、日鞠は満足げに頷いた。

「ありがとう。助かった」

「どういたしまして。孝太朗さんはいつもなんでも一人でそつなくこなしちゃいますから、こうして力になれて嬉しいです」

「なんでも一人で、なんてことはねぇよ」

「え……？」

顔を上げた瞬間、隣に座る孝太朗がふわりと日鞠の肩に額を乗せた。

肩から伝わる孝太朗の温もりと、首元に感じる少しくすぐったい髪の感触。

突然の出来事に、日鞠の心臓は再びドキドキと騒ぎ出した。

「孝太朗、さん……？」

「例えばこうして温もりを分け合うことも、お前がいなけりゃできねぇし、意味がねぇだろ」

ぎゅうっと、胸が掴（つか）まれたようだった。

どうしたらいいのかわからずに身を固くしていると、先ほどクリームを塗った左腕が日鞠の背中に回される。

そっと孝太朗の顔を覗くと、彼の目もとには長いまつ毛が影を落としていた。

「不思議だな。お前の匂いは、他のどんな香りよりも落ち着く」

「っ……」

「お前の心は……温かいな」

優しく包み込むような、孝太朗の声。

胸の鼓動がますます加速していく中、ふと孝太朗と視線が重なった。

日鞠の頬は、誤魔化しようがないほどに赤く染まっている。

次の瞬間、孝太朗が僅かに硬直した気がした。

「日鞠」

「は、はい」

「引き止めて悪かったな」

「……え？」

それまで触れていた孝太朗の温もりは、瞬く間に離れていった。

目をぱちぱちさせている日鞠をよそに、孝太朗はよっこいせと椅子から立ち上がる。

「もう時間も遅いし、そろそろ休んだほうがいい。迷惑をかけた」

そのまま背を向ける孝太朗に、日鞠は慌てて口を開いた。

「こ、孝太朗さん。私、迷惑だなんて思っていません。だって私、孝太朗さんのことが」

「いいから、そこは黙って頷いておけ」

振り返った孝太朗が、日鞠の頭をくしゃくしゃと撫でる。

離された手の向こうには、珍しく苦笑を浮かべた孝太朗の姿があった。

「そんな顔を見せられたら、このままお前を離せなくなる」

「え」

「自分の手綱は自分で引かねえとな。……おやすみ」

思いも寄らない言葉を置き土産に、孝太朗は自室へと戻っていく。

ふすまが閉じるのを見送った日鞠は、熱いほどに火照った自分の頬(ほお)に両手を押しつけた。

肩に触れていた愛しい温もりは、いまだに日鞠の身体を淡く包んだままだった。


「え？　それじゃあ今日、山神さまはいらっしゃらないんですか？」

翌日の早朝。

カフェの開店よりも早い時間に訪れた野幌森林公園の広場に、深雪の声が小さく響いた。

その肩の上では、小鳥姿のシマエナガのしーちゃんが瞳(ひとみ)を丸くしている。

「そうなの。孝太朗さん、自分がいると深雪ちゃんに余計な緊張をさせてしまうから、自分は今後行かないほうがいいだろうって」

「孝太朗の言うことも一理あるからねえ。幸い試験当日に並ぶギャラリーの中に、山神サマはいないわけだし」

「でも代わりに、孝太朗さんが持たせてくれた差し入れがあるの。特訓が一段落ついたら、みんなで一緒に食べようね」

「わあ、可愛いバスケット！」

日鞠が差し出した大きめのバスケットに、深雪はきらきらと目を輝かせた。

中にはそれぞれに準備された薬膳茶が入っており、封がされた紙箱には簡単につまめる焼き菓子が収まっているらしい。

孝太朗の想いが込められている差し入れだ。きっと深雪たちに喜んでもらえるに違いない。

「ということで、これからは私と類さんが深雪ちゃんの特訓にお付き合いするよ。親友のしーちゃんと一緒にね」

「それじゃあ、さっそく始めようか。深雪ちゃんが無事合格して、この街に雪を降らせる雪女になるための特訓をさ」

「頑張ってね、深雪」

「うん！　ありがとう、みんな！」

頬を紅潮させた深雪が、満面の笑みを浮かべる。

特訓の場所の広場に、今日も深雪が生み出した雪のヴェールが広げられた。

先日と同じ広場で、深雪の特訓が始まる。

広場脇では、鋭い眼差しの類扮する先代の雪女が、静かにその様子を見守っていた。

以前よりもさらに演技に磨きがかかっているようで、身体の周りから細かな吹雪が見えそうな気さえする。

心なしか特訓中の深雪や、日鞠の肩にいるしーちゃんも、ぴりっとした緊張感に包まれている気がした。

「類さんの変化の術は、いつも驚くほどの化け具合で本当にすごいですね……」

「ふふ、日鞠ちゃんも思わず見惚れちゃうほどの美人でしょ？」

雪女に扮した類の妖しい微笑みに、言葉どおり日鞠は目を奪われてしまう。

「あのあと、管ちゃんに森林公園の中を調べてもらったんだ。動物やあやかしたちから集めてもらった雪女さんの情報を、フル活用で再現した結果ってわけだね」

「さすが類さん。深雪ちゃんのためにそこまでするなんて、相変わらず優しいですね」

「ふっふっふ。年齢問わず女性に優しくが類さんの基本方針ですからねー」

冗談めかして語る類だが、彼が常に優しいことを、日鞠は知っている。

特に幼い相手には、無用に怖がらせないよう、心配を抱かせないよう、態度と言葉を尽くしているのが彼だった。

孝太朗と正反対の性格の持ち主でありながら、孝太朗と同じく深い愛情を持っている。

そんな二人の営む薬膳カフェとの縁を手にした自分は、本当に幸せ者だ。

「あっ！」

「深雪っ、大丈夫？」

「深雪ちゃん！」

そのとき、雪降らしの舞を踊っていた深雪が、足を木の根に引っかけてしまった。

しーちゃんと日鞠が揃って声を上げるが、深雪はすぐに立ち上がり笑顔を見せる。

「へーきへーき。それになんだか、先代さまに見られているこの状況に、ほんの少しずつ慣れてきたような気がするの！」

「その調子よ、深雪」

「はいっ！」

そう言ってすぐに広場の中央に戻る深雪に、先代に扮する類が静かに微笑む。

そんな類を見て、しーちゃんはぽつりと呟いた。

「類さんは、本当にすごい御方ですね。先代さまに化けて特訓を見守るなんて、わたくしには思いつきもしませんでした」

「それは私も同じだよ。まさに類さんにしかできない応援の方法だよね」

日鞠が相づちを打つと、その肩の上でしーちゃんは寂しそうに視線を落とす。

「わたくしは、いつも一生懸命な深雪が大好きです。だからどうにか深雪の力になって、夢を叶える手伝いをしたいのですが……わたくしにできることなんて、本当に微々たるものなのです」

そう話す視線の先には、広場を駆けながら雪を生み出し続ける深雪の姿があった。

「こうして深雪の特訓の様子を見守って、時折声をかけることしかできない。それが時々、とても切なくなるのでございます」

「……私は、そんなことないと思うけどな」

驚いたように顔を上げたしーちゃんに、日鞠は微笑みかけた。

「今回のことだって、しーちゃんがいてくれてるから、深雪ちゃんはあんなに頑張れてるんだと思うよ。それに、孝太朗さんに助言を求めたのだって、しーちゃんが孝太朗さんの噂を聞きつけて提案してくれたからだよね。それが巡り巡って今、こうして深雪ちゃんの助けになってる」

「あ……」

「ずっと応援してくれる人の存在が微々たるものでしかないだなんて、あるはずがないよ」

日鞠の言葉に、しーちゃんのつぶらな目が見開かれる。

小さな光を集めた瞳が、徐々に潤み始めた。

「日鞠さん……ありがとうございます。本当にお優しいのですね」

次の瞬間、日鞠の肩から小さな羽ばたきの音が聞こえる。

「わたくし、もう少し近くで深雪の応援をさせていただきますっ」

「うん。いってらっしゃい」

「はい、いってきます！」

嬉しそうにくるりと旋回したあと、しーちゃんは翼を広げ広場の中央まで羽ばたいていった。

手のひらに収まるような小さな身体は、本当にこの地に舞い降りる白い雪のように思われる。

「しーちゃんの言うとおり。日鞠ちゃんの優しさには、きっとたくさんの人が癒やされてると思うよ」

「類さん」

深雪たちのほうに視線を向けつつ発せられた類の声は、本来の声色に戻っていた。

「そんな優しさに、きっと孝太朗も惚れちゃったんだろうなあ」

「そ、そうなんでしょうか。聞いたことがないので、なんとも言えませんが……」

「決まってるでしょ。もちろん、他にも日鞠ちゃんの素敵なところは、数え切れないほどあるけどね？」

「ふふ、ありがとうございます……きゃっ」

そのとき、木々の合間をすり抜けていくように風が吹き抜ける。

思わずコートの前をぎゅっと合わせた日鞠は、マフラーに埋めるように首を縮めた。

「最近ますます寒くなってきてるよね。日鞠ちゃん、身体冷えてない？」

「はい、大丈夫です。服装もそうですけれど、最近は孝太朗さんも身体が温まる食事を作ってくれているので」

「孝太朗の古傷も、そろそろ痛んでくる時期かな」

さらりと告げられたのは、思いがけない言葉だった。

目を瞬かせた日鞠は、一瞬の間を空けて類を見上げる。

「類さん……気づいていたんですか？」

「一応類さんも、長いこと孝太朗の隣に居座ってきた幼馴染みですからねー。それと、今回はもうひとつヒントもあったから」

「ヒント？」

「日鞠ちゃんから、ほのかにヨモギの香りがする。孝太朗が古傷に塗っているクリームの香りだ」

「あ……」

類の的確な指摘に、日鞠はかあっと顔に熱を集める。

実は今朝出掛ける直前にも、孝太朗の肘に例のクリームを塗ってきたのだ。

「日鞠ちゃんにクリームを塗ってもらうなんてねー。まったく孝太朗ってば抜け目がないというか、羨(うらや)ましい限りだよねえ？」

「ち、ち、違います！　塗ると言ったのは私のほうからでっ、ほら、肘の傷って自分じゃ意外と見づらいじゃないですか、それであのっ！」

「うんうん。要は二人の仲は、そんなことを頼めちゃうくらいにはとっても良好ってことだよね。それだけわかれば、類さんは安心だよ」

からかいモードに入った類には、相変わらず勝てる気がしない。

孝太朗の低い制止の声が望めない現状では、日鞠はただただ類の話術に翻弄(ほんろう)されてしまうだけだ。

「もう。類さん、面白がっていますね？」

「はは、ごめんごめん。でも、安心してるっていうのはホントのホント。日鞠ちゃんの手当てには、不思議な力があるみたいだからね」

「え？」

「二十一年前のあのときも。君が孝太朗を助けてくれて……本当によかった」

先代の雪女の姿が、その一瞬だけ、いつもの類の横顔に見えた。

「あのときの俺は、孝太朗のために何もできなかったから。孝太朗がいるおかげで、俺も今の俺でいられる。街のあやかしたちも、穏やかに健やかに暮らしていられる。それも全部、二十一年前に君が孝太朗を助けてくれたからだ」

「類さん……」

「だから、ありがとう。日鞠ちゃんに、ずっとこの言葉を伝えたかった」

とても穏やかな声色が、日鞠の胸に響く。

雪女に扮する類がにっといたずらっぽく笑った。

「はは、なんだか改まって話すのは少し照れくさいなあ。でも、孝太朗がいる前で話すのは、きっともっと照れるだろうからさ」

「……孝太朗さんも、きっと同じですよ」

「え?」

「類さんがそばにいてくれるから、孝太朗さんも今の孝太朗さんでいられるんだと思います」

そう言うと、日鞠は特訓を続ける深雪と応援するしーちゃんの二人に視線を向けた。

「深雪ちゃんとしーちゃんの絆と同じです。類さんと孝太朗さんの間にも、強い絆を感じることが今までに何度もありました。そうでなければ、こんなに長い時間を一緒に過ごすなんてできませんもんね」

「……そうかな」

「そうですよ。……あっ」

穏やかな会話は途切れ、日鞠と類はほぼ同時に駆け出した。

広場の中央でひたすら雪降らしの舞の特訓を続けていた深雪が、大きく足を滑らせ転倒したのだ。

「深雪っ、大丈夫⁉」

「う、うん。大丈夫。ちょっとぬかるみに足を取られちゃった」

「深雪ちゃん、足を見せて」

変化(へんげ)の術を解き本来の姿に戻った類が、すぐに深雪の足を確認する。

幸いひねったり負傷した形跡はなく、四人は揃(そろ)って安堵(あんど)の息を吐いた。

「深雪ちゃん、ずっと特訓を続けていたからね。ここで少し休憩にしよう。あまり根を詰めすぎていたらパフォーマンスも落ちるから」

「でも、今日はせっかく類おにいちゃんたちが来てくれているのにっ」

「大丈夫大丈夫。毎日とは言えないけれど、俺たちもできる限りこの森に足を運ぶつもりだからさ」

「深雪、焦らないで、少し休んだほうがいいよ」

「しーちゃん……それはそうなんだけど、だけど……」

肩に乗ったシマエナガのしーちゃんの言葉にも、深雪は苦い顔をする。

恐らく、深雪は元来真面目で几帳面な性格なのだろう。

だから人の気配を敏感に察して、それが緊張や焦りに繋がってしまう。

そして、本来必要な休憩を取ることにも、自分を甘やかしているかのような後ろめたさを感じてしまうのかもしれない。

必要なのはむしろ、精神的な休息かもしれないと日鞠は考えた。

「……そうだ！　深雪ちゃん、しーちゃん。二人がよくこの公園でやってる遊びって何かないかな？」

「え？　遊びですか？」

こてんと首を傾げたシマエナガのしーちゃんの横で、深雪が「あっ」と口を開く。

「わたしたち、よく鬼ごっこをして遊んでるよ。しーちゃんは逃げるのがとっても上手で、わたしも追いかけるのがすっごく楽しいんだ！」

「わあ、いいね鬼ごっこ。それなら、休憩がてらみんなで鬼ごっこをして遊ばない？　それなら身体も適度に動かせるし、気分もリフレッシュできるんじゃないかな」

幸い、ここは雪女の力で保護された特別な広場と聞いている。

駆け回ったとしても周囲の動植物が傷つくことはないし、他の人間に目撃される心配もない。

「おー、鬼ごっこかあ。遊んだのはもう小学生のとき以来だな」

言いながら、類も準備運動をしている。

深雪の瞳がきらきらと期待に輝くのを確認して、日鞠はそっと笑みを浮かべた。

「よーし。それじゃあ最初は私が鬼ね。鬼になった回数が少ない人から、孝太朗さんお手製の美味しいお菓子を選ぶ権利を獲得できます！」

「わーい！　お菓子食べたーい！」

「それでは、みんなで競争ですねっ」

くるりと深雪の肩から降り立ったしーちゃんが、小鳥の姿から少女の姿に変化する。

聞けば、鬼ごっこをするときはいつも人型になるのがお決まりで、空を飛んではいけないというルールのようだった。

「行くよー。それじゃあ、鬼ごっこスタート！」

日鞠のパンと手を打つ合図で、三人が辺りに散らばり出す。

よかった。これできっと、深雪も張り詰めた心を和らげることができるだろう。

ほっと胸を撫で下ろしながら、日鞠も三人の場所を見定めて駆け出す。

まずターゲットにしたのは、白いもこもこのコートをまとっているしーちゃんだ。

「ふふっ、日鞠さん、こっちですよ！」

「わっ、しーちゃん、確かに速い……っ」

空を飛んでいるわけではない。それなのに、しーちゃんの動きは優雅に滑空する野鳥そのものだった。

木々の細い隙間もすいすいとすり抜けていく動作の滑らかさに、日鞠は早々に息を上げてしまう。

「はあああ……しーちゃんすごいよ。私、全然ついていけないよ……！」

「へへー、日鞠おねえちゃんもビックリしたでしょ？　この森の中を巡らせたら、しーちゃんより速い人はいないいないんだよ！」

「本当だね……はいっ、そんな油断した深雪ちゃんにタッチ！」

「ひゃあっ！　もーっ、日鞠おねえちゃん、ずるいよー！」

文句を言いつつ、深雪もまた楽しそうに駆け出す。

それから鬼は何度も交替していき、再び深雪が鬼の番になった。

「よーし！　今度こそしーちゃんを捕まえるよー！」

「ふふっ、鬼さんこちらー！」

深雪に笑顔を向けると、しーちゃんは再び広場を風のように駆けていく。

彼女は木々の合間も軽々すり抜けていくが、深雪も徐々に追いついてきていた。

「わあ、深雪ちゃんもすごい。あのしーちゃんにもう追いついてしまいそうですね」

「うん。子どもの頃から数え切れないくらい、この森で鬼ごっこを楽しんできたってことなんだろうね」

隣に立つ類に、日鞠も眩しい心地で頷く。

少女二人が森の中を自由自在に駆け回る光景は、まるで光り輝く一枚の画のようだった。

「……というわけで、二人は鬼ごっこがとても好きだってことがわかったよ」

コートを脱ぎながらにこにこと報告する類に、孝太朗は大きなため息を吐いた。

「何が『というわけ』かはまったくわからねえが。少なくとも今日の特訓に大きな問題はなかったということだな」

「そうですね。類さん扮する先代さまがいたおかげで、深雪ちゃんも適度な緊張感の中で特訓に励めたみたいでした」

野幌森林公園をあとにした日鞠たちは、車を走らせ午前のオープンが迫る薬膳カフェに滑り込んだ。

急いでエプロンをまとった日鞠も、先に開店準備を始めていた孝太朗に並んで作業を進めていく。

「それと、孝太朗さんの差し入れもとても喜んでいましたよ。二人から、山神さまにありがとうと伝えてほしいと言伝がありました」

「そうか」

「それにしても、差し入れの箱の中身には驚いたよー。まさかあんなに可愛いクッキーが入ってるとは思わなかったからさ」

テーブルを拭きながら話す類に、日鞠も頬を緩ませる。

深雪たちとともに食べた差し入れの品は、薬膳茶と紙箱に収められた焼き菓子。

日鞠も確認していなかった箱の中身は、愛らしいイラストが描かれたアイシングクッキーだった。

本来野鳥に餌やりはご法度だが、人型に変化したしーちゃんは人と同じものを食せるのだという。

少女二人がクッキーを口に運んだときは、とろけるような笑顔を見せてくれた。

「本当に可愛いクッキーでしたね。雪だるまの絵に、サンタクロースの絵、可愛い女の子の絵に、シマエナガの絵もありました」

「孝太朗の思惑どおり、深雪ちゃんは女の子の絵のクッキー、しーちゃんはシマエナガの絵のクッキーを嬉しそうに選んでいたよ。いやー頑張って二人に似せた甲斐があったねえ」

「思惑があったわけじゃない。店に出す試作も兼ねて作っただけだ」

開店作業の手を止めない店長に、日鞠と類は視線を交わす。

そしていつもどおり戸棚から掃き掃除用の道具を取り出したところで、孝太朗に声をかけられた。

「日鞠。外の掃き掃除は俺がやるから、お前は店内の用意をしておけ」

「あ、でも。外は寒いですし、孝太朗さんが冷えてしまいますから」

「だから、だろ」

ほうきとちりとりを持つ日鞠の手を、孝太朗が不意に掴(つか)む。

突然重なった大きな手のひらから、熱いくらいの温もりが日鞠の手先に広がっていった。

「ずっと外にいたお前のほうが、よっぽど身体が冷えてるだろ」

「あ、はい。でも……」

「俺ならこのくらいなんともねえよ。お前はレジ周りの用意を頼む」

「わ、わかりました」

冷え切っていた日鞠の手は、今やすっかり温まっている。

それでも反論を許さない様子の孝太朗に、日鞠は上擦った声で答えた。

掃除道具を受け取った孝太朗の背中を、無言で見送る。

「ラブラブだねえ」

掃除途中のテーブルに顎を乗せた類が、意味深な眼差しで告げる。

「幼馴染みの類くんには、労いの言葉ひとつないくせにねえ。本当、孝太朗はどこまで日鞠ちゃん一筋なんだか」

「そんな、一筋だなんて……」

それでも、さも当然のように届けられる愛情に、日鞠は毎日のように幸せを噛み締めている。贈られた温もりがなくならないように、日鞠は胸元できゅっと手を握った。


日鞠と類が野幌森林公園を訪問し続けて一週間ほどが経過した頃。

試験日が近づいていた晴天の日に、それは起こった。

「もう放っておいて！　あっちいって！」

「深雪！　いいからいったん落ち着こうよ……！」

すでに記憶に定着していた、広場までの道の途中。

いつもどおりだった類と日鞠の歩みが、ぴたりと止まった。

「類さん、今の声ってもしかして」

「深雪ちゃんとしーちゃんの声だね。急ごうか」

言うなり、二人は駆け足で細道を進んでいった。

特訓の広場に近づくにつれて、その会話の声量は徐々に増していく。

開けた広場の中央には、少し距離を取って向き合う深雪と少女姿のしーちゃんの姿があった。

「わかってるもん！　わたしだって、ひとつひとつを落ち着いてこなしていけばいいんだってわかってる！　でも、言うのとやるのとは全然違うんだもん！」

「深雪を責めるつもりで言ったんじゃないよ！　ただ、深雪にはもともと十分な力があるんだってことを言いたくて」

「力があるって言われたって、実際に当日それを発揮できなくちゃなんの意味もないじゃない！」

深雪の叫び声が、広場に痛々しく響く。

小さく残ったこだまに揺さぶられるように、深雪の瞳にじわじわと涙が込み上げてきた。

「わたしだって焦ってるんだよ。試験の日が近づいてくるのに、園全体の雪降らしには一度も成功してない自分に、焦って仕方ないいんだよ」

「深雪……」

「……しーちゃんはいいよね。広場の脇で、わたしの応援をしているだけでいいんだから」

「……！」

「深雪ちゃん！」

気づけば日鞠はその場から駆け出し、二人の間に割って入っていた。

少女たちはともに、後悔と絶望を浮かべた瞳をしている。

「深雪ちゃん……大丈夫。一度落ち着こう」

「日鞠、おねえちゃん……」

「しーちゃん。今、深雪ちゃんが言ったことは……あっ！」

日鞠が表情を覗くよりも早く、しーちゃんは顔を背け強く地面を蹴った。

広場を囲む木々の隙間を駆け抜け、まるで風のように消えていく。

その背中はひどく切ないもので、日鞠は引き止める声が出なかった。

「っ、あ……」

「日鞠ちゃん。しーちゃんは俺が追うから、深雪ちゃんについていて」

瞬時に反応した類が、指先で円を作り管狐を呼ぶ。

管狐が素早く飛んでいった方向へ、類は迷わず駆けていった。

日鞠は逸る気持ちをそっと落ち着け、呆然とした深雪に向き直る。

「大丈夫だよ。類さんと管ちゃんならきっと、しーちゃんにもすぐに追いつけるはずだから」

「っ……わ、たし」

「大丈夫だよ。大丈夫、大丈夫……」

「う、わあああん……！」

へたり込んだ小さな背をそっとさすると、堰を切ったように深雪は泣き声を上げる。

傷つけたことに傷ついた少女の震える身体を、日鞠はただただ優しく抱き締めていた。


広場の隅に場所を移した日鞠たちは、一際立派な大木の下に腰を下ろした。

深雪の涙もいつしか乾き、肩を抱き寄せた日鞠にそっと身体を寄せている。

「わたし……ひどいことを言っちゃった」

口を閉ざしていた深雪が、ぽつりとこぼした言葉だった。

「しーちゃん、ずっとずっとわたしのことを応援してくれていたのに……そのことをわたし、本当に嬉しく思っていたのに。そんなしーちゃんにわたし、勝手にイライラをぶつけちゃった」

「深雪ちゃん……」

「どうしよう日鞠おねえちゃん。わたし、しーちゃんに嫌われちゃった……！」

再び瞳に浮かんだ涙が、ぽろりと深雪の頬を伝う。

涙は頬から流れ落ちる瞬間美しい氷の粒となり、少女の膝に静かに落ちていった。

「深雪ちゃんは、しーちゃんに悪いことをしちゃったって、ちゃんと反省してるんだよね」

「……うん」

「それなら、きっと大丈夫。心を込めて謝れば、きっとしーちゃんの心にも届くよ」

「そうかな。こんな子どもっぽいわたしとはもう、口をきいてくれないんじゃないかな……」

しょんぼり肩を落とす深雪の背中を、日鞠は再び優しくさする。

ぐず、と小さく鼻を鳴らした深雪が、頭上に大きく伸びる大木に視線を向けた。

「ずっと昔……わたしとしーちゃんが出逢った場所が、この木の下だったんだ」

「そうだったんだね」

「うん。あのときのわたしは、同世代の子よりも妖力が弱くて、手のひらに乗るくらいの小さな雪しか作ることができなかったの」

他の雪女の子どもたちが楽しそうに遊んでいる間も、深雪は隠れて必死に練習をしていた。

それが余計に深雪の孤独を深め、なかなか妖力も安定せずにいた。

「そんなときに、しーちゃんが現れたの。わたしが手のひらに生み出した小さな雪山に降りてきて……あのときは本当に、天使が現れたのかと思った」

白い小鳥は深雪の小さな雪山に降り立つと、短くさえずった。

そして、つぶらな瞳（ひとみ）を輝かせて言ったのだ。

あなたの生み出す雪は、とても温かいのね、と――。

「わたしの生み出す雪を、しーちゃんは好きだって言ってくれたの。こんな雪に囲まれて過ごす冬は、きっととても素敵でしょうねって」

「そうなんだ……」

「そんなしーちゃんの気持ちがとても嬉しかった。だからわたし、しーちゃんが毎年やってくるこの街に、自分の雪を降らせる雪女になりたいって思ったの。そうすれば、しーちゃんが喜ぶ顔を毎年見ることができるから」

話しながら、深雪の瞳（ひとみ）がみるみるうちに光を取り戻していくのがわかった。

それはまるで、自らの夢の輝きを思い出したような瞳（ひとみ）だ。

「そっか……わたし、しーちゃんの笑顔が見たくて、今まで頑張ってきたんだ」

深雪が、そっと自らの両手を前に差し出す。

辺りから白い粒が集まってきたかと思うと、その手のひらには小さな雪の山ができあがった。

「それなのに、その夢のために一人で焦って、当たり散らして、しーちゃんを傷つけて……」

大木の枝の隙間から差し込む、細い陽の光。

その光が、雪の表面をきらきらと輝かせていく。

「ほんとに……馬鹿だなあ、わたし……」

「深雪」

ふわり、と美しい白色が舞い降りる。

天使ではない。白くて愛らしい雪の妖精だ。

瞳(ひとみ)を煌(きら)めかせながら雪の小山に降り立ったしーちゃんに、深雪は大きく息を呑(の)んだ。

「しーちゃん……？」

「……やっぱり、昔とちっとも変わらない」

「え？」

「深雪の生み出す雪は……いつもとても温かいよ」

小さく首を傾けながら、しーちゃんはふわりと微笑む。

その目元に小さく光る涙に、深雪は表情をくしゃりと歪ませた。

深雪の差し出した手が触れた瞬間、小さな野鳥の姿は光の粒に覆われ少女の姿になる。

そのまま隙間なく抱き締め合った二人は、しばらく腕の中の存在を確かめているようだった。

「しーちゃん、ごめんね。あんなひどいことを言って、本当にごめんなさい！」

「うん。わたしこそ、深雪の気持ちに気づかなくてごめんね」

「ううん、ううん。違うよ。わたしが悪いの。しーちゃんの存在にわたし、いつもいつも力をもらっているのに……！」

「それは、わたしだって同じだよ？」

微笑み交じりで告げられた言葉に、深雪がそっと身を起こす。

「深雪のいつもひたむきな姿を見てると、わたしまで元気が沸いてくる。わたしはこんなに小さな存在だけど、何かできることがあるんじゃないかって思えてくるの」

「しーちゃん……」

「大好きだよ深雪。生み出す雪だけじゃない。深雪のことが、全部全部大好き」

「……わたしも！　しーちゃんのことが、全部全部大好き……！」

再びぎゅうっと身を寄せ合った二人を、少し離れたところで日鞠と類が見守っていた。

木漏れ日が二人を淡く照らし出す。日鞠と類は静かに視線を合わせ、小さく微笑んだ。

「類さん、しーちゃんを呼び戻してくれたんですね。ありがとうございました」

「いえいえ。しーちゃんの動きは本当に風のようだから、追いつくのも少し時間がかかっちゃったけどね。管ちゃんが追いかけてくれたおかげだよ」

「管ちゃんも、本当にありがとう」

「きゅうん」

類の首元にふわりと漂う管狐に向けても、日鞠は笑顔で礼を言う。

類の指の輪に再び消えていった管狐を見送ったあと、日鞠たちは二人の少女のほうへ歩み寄った。

「日鞠おねえちゃん、類おにいちゃん。迷惑をかけてごめんなさい。しーちゃんと仲直りさせてくれて、どうもありがとう」

「俺たちは何もしてないよ。ね？　日鞠ちゃん」

「はい。よかったね、深雪ちゃん」

「うん！」

満面の笑みで頷く深雪に、しーちゃんも幸せそうに微笑みを浮かべる。

寄り添い合う二人を見つめていた類は、気づけば何か考え込むように顎に手を添えていた。

「類さん？　どうかしましたか」

「うん。今もそうだったけれど、しーちゃんって森の中を飛び回るのが本当に上手だよねえ。この森の中を巡らせたらしーちゃんより速い人はいないんだって言われて、思わず納得するくらい」

「はい。確かにそうですね」

ゆっくりと言葉を紡いでいく類に、三人の視線が集まる。

類はいったい何を伝えようとしているのだろう。

「深雪ちゃんが広場を駆ける様子をずっと見てきて、気づいたことがあるんだ。深雪ちゃんが一番自然に滑らかに動けていたのは、特訓のときじゃあない」

「え？」

「鬼ごっこで、しーちゃんを追いかけていたときだよ」

類の言葉に、三人ははっと顔を見合わせた。確かに、鬼ごっこでしーちゃんを追うときの深雪は、しーちゃんに引けを取らないほど俊敏に森を駆け回っていた。

細い木々の隙間を舞うようにすり抜けるその姿は、まるで冬を運ぶ風のようだったのだ。

「雪を生み出す力は深雪ちゃん自身の調整が必要だ。だけど舞いの動きは、鬼ごっこでしーちゃんを追いかける気持ちで特訓したらいいんじゃないのかな。なんなら、練習のうちは実際しーちゃんに前を走ってもらってもいいかもしれない」

「わ、わたくしが、ですか？」

大きな瞳をさらに大きく見開きながら問うしーちゃんに、類は笑顔で頷いた。

「俺や孝太朗なんかより、しーちゃんはよっぽど深雪ちゃんの力になれるみたいだよ。なんたって、深雪ちゃんのことをずっと見守ってきた親友なんだからさ」

「わたくしが……深雪の力に……」

「しーちゃん！」

両手を力強く握り締めた深雪に、しーちゃんの大きな瞳が向けられる。

「そうだよね。しーちゃんがこの森を誰よりも速く巡れること、わたし、とっくに知ってたのに。どうして今まで気づかなかったんだろう」

「深雪……」

「お願いしーちゃん。この地に雪を降らせる雪女になるために、わたしに力を貸してくださ い……！」

「……というわけで深雪ちゃん、今日はほとんど完璧に近い形で広場内に雪を降らせることができたんです！」

「『というわけで』か。類の口癖がうつってるぞ」

雪女の試験日を翌日に控えた、夕飯時。

二階自宅でテーブルを挟み、日鞠は孝太朗に本日の特訓の成果を報告していた。

先ほど食べ終えた冬野菜のクリームシチューの香りが、まだダイニングを優しく包み込んでいる。

「類の奴がずっと特訓を見ていたのが、どうやら功を奏したみたいだな」

「そうですね。今はしーちゃんが実際に前を走らなくても、イメージどおりに深雪ちゃんも動き回れるようになりました」

類の助言を受けてからというもの、少女たちは二人揃って広場を駆け回る日々を過ごしていた。

親友との鬼ごっこの延長と言える特訓の形に、深雪の心にあった気負いや憂いが徐々に薄れていくのがわかった。

「あとは明日の本番を待つだけですね。天気予報では晴れると言っていましたけど、どうでしょうね」

「なんにせよ深雪も明日は実力を発揮するだけだ。明日の試験は、お前も見にいくんだろう」

「……あ！　そうでした。そのことなんですが、孝太朗さんに、渡さなくちゃいけないものがあるんです！」

慌てて席を立つと、日鞠は自室からあるものを持ってきた。

それは、雪の結晶と白い鳥の羽根が描かれた封筒だった。

「手紙か」

「はい。深雪ちゃんから、山神さまに渡してほしいと」

少し怪訝な表情を見せつつも、孝太朗は手紙を受け取った。

レターナイフで封筒を開け、中の便箋を静かに広げる。

そこにあった丸みを帯びた可愛らしい文字を読み、孝太朗は瞳を僅かに見開いた。

「深雪ちゃん、ずっとずっと孝太朗さんにお礼を言いたかったみたいですね」

何度か内容が問題ないかの確認をお願いされていたので、日鞠はすでに手紙の中身を知っていた。

深雪に無駄な緊張をさせまいと、気を遣ってもらったことへの感謝。

日鞠たちが森林公園に通う間、ずっと薬膳茶と焼き菓子の差し入れをしてもらったことへの感謝。

日鞠や類との出逢いを繋いでもらったことへの感謝。

そして。

「『明日の試験には、どうぞ山神さまもいらしてください。特訓の成果をお見せします』……って、おい。これは」

「深雪ちゃん、もう自分の緊張をちゃんとコントロールできるようになったから、ぜひにと言っていました。この街の降雪を担う雪女として、試験もしっかりクリアするつもりだからと」

笑顔で告げた日鞠の言葉に、孝太朗はしばし口を噤む。

「深雪ちゃんの雪に染まった森林公園、孝太朗さんも一緒に見に行きましょうよ。ね？」

「……ああ。そうだな」

どこか観念したように答えた孝太朗に、日鞠は笑顔で頷く。

ダイニングの窓から見える突き抜けるように澄んだ夜空には、星がきらきらと瞬いていた。

迎えた、試験当日。

野幌森林公園の奥深くで、それは行われた。

「……はい。では次、四番の人。前へ」

「はい」

試験の一切を取り仕切るのは、荘厳な空気をまとった先代の雪女だ。

類の変化（へんげ）の術で何度も目にした姿ではあったが、いざ本物と対面するとその誘い込まれるほどの美しさに、意識が遠のくような感覚に陥る。

ふと視線が合い向けられた微笑（ほほえ）みに、日鞠はかあっと一人顔を赤らめた。

「日鞠ちゃん、大丈夫？　気をしっかり持って」

「あ、は、はい。いやはや、先代さま、眩（まばゆ）いほどの美しさですね……」

「長年この地の雪を操り続けてきた存在だからな。周囲から強く尊敬されていて、まとう妖力も強い」

古来あやかしの雪女は、吐息で男を凍らせてしまう絶世の美女とされることが多い。女の日鞠でさえうっかり誘惑されてしまいそうなオーラが、遠く離れたここにまで漂（ただよ）っている。

類と孝太朗の間に挟まれ、日鞠はなんとか正気を取り戻した。

「深雪ちゃんは、確か次の番だよね」

「はい。最後の五番目だと聞いて……あっ、あそこに深雪ちゃんがいます……！」

遠くに見える他の候補者たちの奥に、白い着物に雪の結晶柄の帯を締めた深雪の姿が見えた。

凛としたその面差しに、日鞠の胸がどきんと音を鳴らした。

深雪ちゃん。綺麗だ。とても。

「山神さま、類さん、日鞠さん」

「わ、しーちゃん！」

突如ふわりと目の前に現れた白い小鳥に、日鞠は顔を綻ばせる。

翼をはためかせ、シマエナガのしーちゃんは近くの小枝に降り立った。

「皆さん、本日はお忙しい中お越しいただきましてありがとうございます」

「もちろん来るよ。深雪ちゃんの努力が報われる、晴れ舞台だもんね」

日鞠の言葉に、しーちゃんがくすぐったそうに微笑む。

その視線は、待機場所に佇む深雪に向けられていた。

「さて。今のところ、一番降雪の出来がよく見えるのは、今舞を披露している四番の子かな」

「ああ。降雪の速さも正確さも、他の三人とは明らかに一線を画している」

類と孝太朗の言うとおり、今舞い踊っている雪女の少女は、あっという間に辺りの風景を白に染め上げていった。

陽の光にきらきら瞬く雪原に、日鞠は鼓動が早くなるのを感じる。

そして雪降らしの舞を終えた少女が深くお辞儀をしたあと、他の候補者のもとへ下がっていった。

周囲を注意深く観察した先代の雪女は、小さくひとつ頷(うなず)いてみせると両手を胸の前でそっと合わせる。

すると、今降り積もったはずの雪は瞬(またた)く間に溶けてなくなった。

次の候補者の降雪を正確に見極めるためだ。

これがこの街の降雪役を長年勤め上げてきた、雪女の実力なのだろう。

深雪の番が来る。

日鞠の喉が、ごくりと小さく鳴った。

「では、最後に五番の人。前へ」

「はい！」

その声は、少し離れた日鞠たちの耳にも明瞭に届いた。

一歩前に進み出た深雪はまぶたを閉じ、意識を集中させる。

大丈夫。大丈夫。頑張れ。頑張れ。

頑張れ、深雪ちゃん！

「はじめ！」

先代の雪女の号令とともに、優しい風が起こった。

辺りに舞った雪が陽光を受けて瞬いたかと思うと、周囲はあっという間に白銀に染まっていく。

木々の隙間を軽やかかに駆け抜ける深雪からは、内に宿る強い自信が感じられる。

やがて広場から遠のいた彼女の姿は、森の木々に阻まれ見えなくなった。

それでも、森林公園全体に深雪の雪が降っていることはわかる。

先ほどまでドキドキと騒いでいた胸が、今は喜びと少しの興奮でじんと熱を持っていた。

「深雪ちゃん……、あっ」

そして再び現れた深雪が、広場の中央にふわりと降りてきた。

華麗に跳躍した瞬間、深雪の表情が陽の光に淡く照らされる。

それは大好きな親友との鬼ごっこを楽しむ、眩しくも美しい少女の笑顔だった。

試験の結果、森林公園はもとより、近隣の街全域にまで初雪を送り込んだ深雪が見事合格を手にした。

「深雪！　おめでとう、おめでとうっ！」

「もー、しーちゃんが泣いてどうするのー」

「だってだって……！」

先代の雪女から正式に代替わりの宣言を受けた深雪の胸に、人型に変化（へんげ）したシマエナガのしーちゃんが勢いのまま飛び込んだ。

「しーちゃんが特訓に付き合ってくれたおかげだよ。本当にありがとう、しーちゃん」

「うん……深雪の雪降らしの舞、すっごくすっごく綺麗（きれい）だったよ……！」

「へへ、そんなに言われると照れちゃうよー」

抱きしめ合った二人が視線を合わせ、ふふっと笑みをこぼす。

そして仲良く手を繋（つな）ぐと、二人は揃（そろ）って日鞠たちのもとへ駆け寄ってきた。

「類おにいちゃん、日鞠おねえちゃん。今日まで協力してくれて、本当に本当にありがとう！」

「どういたしまして。とはいえ、俺たちはほんの少し手伝いをしただけだけどね。深雪ちゃんの真っ直ぐな努力が積み重なった結果だよ」

「そうだよ。深雪ちゃん、合格おめでとう。これで毎年、深雪ちゃんの降らせる雪を見ることができるんだね。今からすごく楽しみだよ」

類と日鞠の労いの言葉に、深雪は頬（ほお）を赤らめはにかむ。

そのあと少女は、傍（かたわ）らに立つ孝太朗にも真っ直ぐに顔を向けた。

「山神さま。今日はわざわざここまで来てくださって、本当にありがとうございました……！」

「手紙に書かれたとおりだったな」

「……え？」

「お前の雪降らしの舞は、他の何にも動じることのない、一人前の雪女のそれだった」

いつもと同じ、落ち着いた低い声色。

それでも、深雪の瞳に恐怖や緊張の色が滲むことはなかった。

「これからはお前の生み出す雪と、この地に生きる多くの者の生活が隣り合わせになる。気を抜かず励めよ」

「……はいっ！」

大きく頷いた深雪は、眩しいくらいの笑顔で孝太朗を見上げる。

そんな少女の表情に、孝太朗もまた柔らかな微笑みを浮かべた。

試験を終え、少女二人と別れの挨拶をしたあと、日鞠たちはいつも通っていた特訓の広場に立ち寄っていた。

少女たちのいない広場は少し寂しそうに映ったが、今日も野鳥の可愛らしい鳴き声が遠くから聞こえている。

「はー。なんだか感慨深いねえ。まるで、娘が巣立っていったような気分だよ」

「そうですね……とても嬉しい反面、少し寂しい気もして、なんだか不思議な気持ちです」

ふと周囲に視線を向ける。辺りを白銀に染め上げているのは、先ほど深雪が試験で降らせた雪だ。

先代の雪女から任を引き継いだ深雪の雪は、溶かすことなくこの園内に残されることになっている。

日鞠はふと立ち止まり、草に積もった小さな雪に触れる。

それはすぐに手のひらの上で溶けてしまったが、じんわりと日鞠の胸を温かくさせた。

「深雪ちゃんもしーちゃんも、これからも元気に仲良く暮らせるといいですね」

「大丈夫でしょ。なんてったって、二人は最高のパートナーなんだから」

「ふふ。それじゃあ、孝太朗さんと類さんと同じですね」

「え?」

「あ?」

重ねて発せられた短い声に、日鞠は思わず笑みを漏らす。

「だって、大人になってもこんな風に一緒にいられる友達なんて、なかなかいないじゃありませんか。それだけ、お互いを理解しているってことだと思いますよ？」

「えへへ。日鞠ちゃんってば、やっぱりわかるー？」

「ただの腐れ縁だ」

一瞬視線を合わせたのち、類は満面の笑みを浮かべ、孝太朗は顔をしかめた。

「二人は子ども時代、何をして遊んでいたんですか？」

しゃく、しゃく、と新雪の道を進みながら、日鞠は尋ねる。

「そうだねえ。知り合って間もない頃は、孝太朗の顔をこっちに向かせるところからのスタートだったからなあ。少年類くんは色々頑張ったよー。孝太朗ってば俺の話をことごとく無視するんだもん」

「お前がたいした用もないのにひっきりなしに話しかけてくるからだ」

「それでね。冬の鉄板だった遊びは、やっぱり雪合戦！」

類がにっと笑みを浮かべる。

「雪合戦って、雪玉を投げ合うじゃない？　当たったら冷たいじゃない？　そうなると、いくらクールにきめてる孝太朗も黙ってるわけにはいかないんだよねー」

「……お前の魂胆はそれだったか」

「いいじゃんいいじゃん。孝太朗もなんやかんやで楽しそうにしてたし。まあ、雪玉の制球は俺のほうが数段上だったけどねー……いてっ！」

「ひゃっ⁉」

突如、類の身体に白い雪玉がぶつけられた。

思わず声を上げた日鞠が、ゆっくりと背後を振り返ると、そこには新たな雪玉を手にした孝太朗が立っていた。

「それを言うなら、玉を避けるのは俺のほうが得意だったな。お前は色々と気が散りすぎなんだよ」

「孝太朗ー、先制攻撃なんて珍しいじゃん？　よしっ、反撃開始！　とう！」

「はっ、甘(あめ)えよ」

「わあ、すごいです、二人とも……！」

いつの間にかびゅんびゅん飛び交う雪玉の応酬に、日鞠は止めるのも忘れて見入ってしまう。

睨(にら)み合う二人に重なるようにして、幼き日の二人の姿が見えた気がした。

「私も！　私も交ぜてください！　雪玉ってどうやって作るんですか⁉」

「雪玉も当たるとそれなりに痛いぞ」

「雪玉はねー、作るには少しコツがあって……」

二人に教わりながら、地面に薄く積もった雪を大事に大事に集めていく。

二十一年ぶりに作った雪玉はうまく固まらないまま、投げると同時に辺りにきらきらと舞い散った。

第三話　十二月、化け狸と聖なる夜

どんなに暖かな冬でも、北海道のクリスマスの街は必ず白く染まる。

そんな迷信じみた、けれどどこか説得力のある話は、十二月に入った頃からよく耳にするようになった。

しかし十一月には例年並みに降っていた雪は、十二月に入った途端ぱたりとなりを潜めていた。

十二月中旬になっても、雪は道路を薄く覆うのみだ。

「深雪ちゃん、元気にしてるかなあ」

先月正式に雪降らしの代替わりを済ませた雪女の少女を思い、日鞠はふふっと微笑む。

彼女の棲み家周辺の街は広さもあるため、きっとシマエナガのしーちゃんとともにあちこち巡って雪を降らせているに違いない。

冬になりきれない冬の北海道。でもまだクリスマスまで十日ある。

期待と祈りを込めて空を見つめながら、日鞠は駅前のスーパーからの帰り道を歩いていた。

そのときだった。

「クリスマスイブに、僕とデートをしていただけないでしょうか！」

遠くから聞こえた思いがけない言葉に、日鞠は足を止める。

声の方向へと振り返った日鞠は、あ、と上げそうになる声をすんでのところで呑み込んだ。

「日鞠。帰ったか」

お昼休憩の時間帯。

昼食後に近所で買い物を済ませてきた日鞠を、午後の仕込みを終えた孝太朗が迎えた。

しかしその表情は、すぐに怪訝なものに変わる。

「孝太朗さんっ、大変！　大変です！」

「なんだ。妙なあやかしにでも出くわしたか」

「そんなありきたりなことじゃありません！　一大事ですよ！」

「……ありきたりか？」

首を傾げる孝太朗を尻目に、日鞠は買い物袋を提げたまま忙しなく表情を変えた。

見間違いじゃない。先ほど見たのは間違いなくあの人だった。

同時にあることに思い至った日鞠は、カフェ店内を素早く見渡す。

今はクローズ中のため、当然客人はいない。

「えっと。類さんはまだ来ていませんよね……？」

「ああ。お前と交代でシフトが入っているから、もうじき来るだろう」

「そう、ですよね」

「あいつに関係あることか」

「はい。それはもう。とってもとっても関係あります」

噛み締めるように日鞠は頷く。

このことは、類が不在の間に孝太朗の耳に入れておいたほうがいいかもしれない。

「孝太朗さん。実は私、さっき偶然見聞きしてしまったんですけれど……」

「へえ。見聞きしたって何をー？」

「ひゃあっ⁉」

背後から急にかけられた声に、日鞠は身体をびくつかせた。

勢いよく振り返った先には、今まさに不在を確認したばかりの人物の姿がある。

「る、類さん！」

「ははっ、日鞠ちゃんびっくりした？」

「おい類。ガキみたいな真似をしてんじゃねえよ」

「ごめんごめん。時間ギリギリになっちゃって急いで入ろうと思ったら、ちょうど中から俺の名前が聞こえたからさ」

厨房（ちゅうぼう）奥のロッカーから取り出したエプロンを慣れた手つきで腰につけ、類は再びホールに戻った。

「それで？　日鞠ちゃん、今なんの話をしようとしてたの？」

「え、え、ええっと。今のはその、大したお話じゃ……」

日鞠がなんとか話題を逸（そ）らそうと苦心していると、扉が開く音が響いた。

助かった。そう思った日鞠だったが、客人の姿を目にしてはっと息を呑（の）む。

「すみません。十五時を回ったようなので、勝手ながら入らせていただきました」

「あ、有栖さん……！」

「こんにちは、日鞠さん」

現れたのは、駅前の図書館に勤務している女性、有栖だった。

勤務中はオフィスカジュアルな服装の彼女だが、プライベートでは今のようなレースやリボンをふんだんにあしらった服に身を包んでいるときがある。

もとより美人の彼女だが、今日はその服装も相まって、まさにフランス人形のようだった。

ちなみに銀色の美しい長髪はウィッグらしい。

「孝太朗さんも、類さんも。変わらずお元気そうですね」

「どうも」

「有栖ちゃんも相変わらず綺麗だねえ。今日の服装は、もしかして初めて見るんじゃないかな？」

「さすが類さん。よく見ていますね」

「誰も彼もチェックしてるわけじゃないよ？　よければそのコート、お預かりします」

「ありがとうございます」

慇懃に申し出た類に、有栖がポンチョコートを手渡す。

美形二人のやりとりに日鞠はうっかり見惚れそうになるが、今回はそうも言っていられなかった。

「有栖さん、メニュー表をどうぞ」

「ありがとうございます。日鞠さん」

有栖にメニュー表を手渡しながらも、頭をよぎるのは先刻目にした光景だ。

ひとまず、先ほどの話は有栖が店を出てからすることにしよう、と日鞠は思った。

「そういえば日鞠さん。突然で申し訳ないんですが、少し相談に乗ってもらいたいことがあるんです」

「え？　あ、はい。私で力になれることなら」

「ついさっき、ある人からクリスマスイブのデートを申し込まれたんですが……こういうときは、いったいどうお返事をしたらいいんでしょうか……？」

「……」

どうやら、日鞠の気遣いはまったく意味をなさなかったらしい。

包み隠さない有栖の発言に、カフェ店員三人は動きを止めた。


午前シフトを終えていた日鞠は、そのまま有栖と相席で話を聞くことになった。

その結果、午後勤務の類と孝太朗にもおおよその相談内容は聞こえてしまっていたらしい。

「有栖ちゃんをデートに誘ったのは、図書館によく来る利用者の男なんだってねえ」

その後、迎えた十八時の閉店作業を手伝う日鞠に、類がいつもの調子で話し出した。

「はい。前に一度資料検索の対応をして、それから顔を合わせるたび挨拶と軽い雑談をするようになったようですね」

話しながら、日鞠はお昼前に目にした件の男性の姿を思い返す。

体躯のがっしりとした、チェスターコート姿。

優しげな顔立ちで、快活そうな黒の短髪の男性だった。

何より、有栖に向ける真剣な表情が、彼が本気で有栖に想いを寄せていることを示していた。

「それで有栖ちゃんに恋をした男は、クリスマスイブにデートのお誘いを試みたかー。有栖ちゃんも隅に置けないねえ」

「類さん……気になっては、いないんですか？」

ずっと口にすることを憚ってはばかいた言葉が、堪こらえきれず日鞠の口からこぼれ落ちる。

「うーん。少なくとも俺みたいな軽薄な男に誘われたわけじゃなさそうだしねえ。もしそうなら、あの有栖ちゃんだって迷うことなくお断りを入れているはずでしょ」

「そんな、軽薄だなんて」

「有栖ちゃんみたいな素敵な子が他の人のものになるのは、男として当然複雑だけどねえ。それも結局は、有栖ちゃんの心次第だからね」

「それは……そうですよね」

穏やかに会話を進める類は、いつもと変わらない様子だった。

それでも、日鞠の胸には微かかすかな焦燥感がくすぶっている。

初めて有栖がこのカフェを訪れたときから、類と有栖は友情や親愛とは違う関係を築いてきていた。

少なくとも日鞠はそう感じていたのだが、気のせいだったのだろうか。

「そろそろ店じまいだ。鍵を閉めるぞ」

厨房から促す孝太朗に、類が「はーい」と返答する。

「ありがとうね日鞠ちゃん。それじゃ、また明日」

柔らかな笑みを浮かべた類が、ぽんと日鞠の肩を叩き、ひらひらと手を振って離れていく。

いつもの調子で背を向けた類を、日鞠は言葉なく見送った。


「あいつの色恋沙汰に興味はねえな」

自宅ダイニングでの夕飯時、孝太朗はあっさり言い切った。

「お前もあまり世話を焼くな。あれの女事情に巻き込まれたらろくなことにならねえぞ」

言いながら孝太朗は、スプーンで掬ったグラタンにそっと息を吹きかける。

野菜の彩り豊かなグラタンは、ほどよくチーズの焦げ目がついていて、香りが一層食欲をそそる。

舌の上でとろりと広がる優しい味を感じながら、日鞠は話を進めた。

「確かに類さんの異性交遊は少々派手だったようですが、昔からなんですか？」

「学生時代に、妙な勘違いをした女子数名に囲まれて責め立てられたことがある。類さまと別れろ、類さまを解放しろってな」

「それはまた……希有(けう)な経験をされましたね」

「二度と御免だな」

吐き捨てるように告げる孝太朗には心底同情する。

それにしても、学生時代に異性から「さま」づけ。いったいどんな学生生活を送っていたらそんな呼び名が定着するのだろう。

変に感心する一方で、日鞠は類の真意の在り処を気にせずにはいられなかった。

もしも類が有栖のことを想っているのだとしたら、本当にこのままでいいのだろうか。

「長年の付き合いから言うが。たとえあいつが有栖さんに好意を持っていたとしても想いを伝えはしないだろうな」

「えっ、それはまたどうして」

「あいつは、本気の恋愛を避けて生きている」

静かに、しかし強く告げられた言葉だった。

「仮に本当に大切な女ができそうになれば、あいつはあえて距離を取る。少なくとも俺の目にはそう見えていた」

「そんな……どうしてでしょう」

「さあな。真意はあいつにしかわからねえよ。単に煩わしいだけかもな」

ご馳走さん。

綺麗(きれい)に完食した孝太朗は席を立ち、シンクで食器洗いを始める。

しかし、日鞠はその横顔が微(かす)かな憂いを帯びていることに気づいていた。

孝太朗も本心では気にしているのだ。長年連れ添ってきた幼馴染(おさななじ)みの行く末を。

友人としての月日は短いが、日鞠とて同じ思いだ。

でもいったい、自分に何ができるのだろう。

ほかほか温かなグラタンをスプーンの端にのせたまま、日鞠はしばらくじっと考え込んでいた。

「日鞠さん。お待たせしました」

「有栖さん」

あれから数日後。

書籍の返却に図書館を訪れた日鞠は、仕事上がりの有栖から声をかけられた。

ともに図書館をあとにした二人は、ひとまず薬膳(やくぜん)カフェとは反対方向のファストフード店へと向かう。

今日の有栖は、シンプルなブルーのシャツに、グレーのスーツパンツをさらりと着こなしていた。オフィススタイルの有栖は伊達眼鏡をしているが、今は外されている。

先日のようなロリータ服ではないが、その美貌はやはり人目を引いていた。

宝石のように煌めく、吸い込まれそうな瞳に、日鞠の脳内から話したい内容が危うく吹き飛んでしまいそうになる。

そうこうしているうち、オーダーしたブラックコーヒーが届き、有栖がそっと口を開いた。

「まずはご報告なんですが。以前相談させていただいたデートの件は、ひとまずお受けすることにしました」

ガーン。

まるで自らが失恋したような衝撃が脳天に走る。

「他に特に予定があるわけでもないですし、断る理由もないと思って。せっかくのお誘いですからね」

「そ、そうでしたか」

話しぶりから察するに、有栖にはその相手に対して特別な感情はないらしい。

しかしクリスマスイブのデートといえば、カップルたちの一大イベントのような気もする。

それを承諾するとなると、少なからず相手に期待を抱かせはしないだろうか。

「でも、そうですよね。有栖さんのような魅力的な人、デートの誘いのひとつやふたつあっても不思議じゃありませんよね」

「そんなことないですよ。子どもの頃は私、学校でも結構浮いた存在でしたから。どちらかというと腫れ物扱いされるような、融通の利かない子どもで」

え、と顔を上げると、有栖はコーヒーを飲みながら静かに語った。

学ぶことが楽しくて、学生の頃は勉強に励んだこと。

図書館に入り浸って、ほぼすべての書籍を読破したこと。

休み時間もその調子だったことが、なぜか女子たちの反感を買ったこと。

「そんな過去もあって、なかなか心から打ち解ける相手ができずにいて。話しかけてくれる人もいたけれど、すぐに疎遠になっていました。私といると、想像以上に退屈だったみたいですね」

「たいく……っ、そんなこと！」

「だから、今こうして日鞠さんのような友人ができて、本当に嬉しいんです」

思わず声を荒らげる日鞠とは対照的に、有栖は優しく目を細めていた。

「日鞠さんは優しいですね。デートに誘われた私のことを心配してくれていたんでしょう？」

「あ、え、えっと」

「でも、心配しなくても大丈夫。お互いいい大人だし、それなりに人を見る目はあるつもりですから。それに私自身、色々考えたいこともありましたし」

「それはつまり、そのお相手と付き合ってみようかな、というような？」

「いいえ。……実は私、恋愛らしい恋愛をしたことがないんです。改めて言うのも、少し気恥ずかしいんですが」

有栖は困ったように眉を下げる。

「今までの私は、人の好意をどこか懐疑的に見ていました。そういう考え方を、そろそろ止めてみようと思ったんです。そうすればもしかしたら、自分の気持ちともきちんと向き合えるかと思って」

どこか吹っ切れた様子の有栖に、日鞠は何も言えなかった。

類と有栖の間に育まれようとしていたものは、恋愛ではなく親愛だったのかもしれない。だとしたら孝太朗の言うとおり、自分が行動する必要はないのだろう。

自分を納得させるように小さく頷（うなず）きながら、日鞠はカフェラテに口をつけた。

「日鞠さん。ひとつ、聞いてもいいですか」

「はい」

顔を上げると、いつもは真っ直ぐな有栖の瞳（ひとみ）が、ほんの僅（わず）かに揺れていた。

「今回の私のデートの話を聞いて……あの人は何か言っていましたか」

その問いに、咄嗟に言葉が出なかった。

あの人。

それに該当する人物など、日鞠には一人しか思いつかない。

思わず固まってしまった日鞠に、有栖は「ごめんなさい」と呟く。

「ずるい聞き方をしてしまいました。意気地がないですね、本当に」

「有栖さん……」

「また薬膳カフェに行きますね。コーヒーもいいですけれど、やっぱりあのカフェの薬膳茶は特別ですから」

そろそろ出ましょうと有栖が告げるまで、日鞠は何も言い出せずにいた。

バス停前で有栖と別れたあとも、日鞠のまぶたには有栖の慕情に染まる顔が焼きついたままだった。


有栖との時間を終え、薬膳カフェの前まで戻った、そのときだった。

「えっ」

日鞠はふと、一区画向こう側の道に並ぶ二つの人影に気づく。

一人は類だ。日が暮れた暗がりの中でも、その洗練された佇まいははっきりと判別できる。隣に立つのは、薬膳カフェで働いているとあまり見かけない、体育会系の男性だった。類よりもがっしりとした体格で、チェスターコートを羽織っている。

日鞠の心臓がどきんと大きく跳ねた。

あの人はもしや、有栖にデートを申し込んでいた男の人ではないだろうか。

「ありゃ釜中太喜だ。類の家系と、古くから縁がある」

頭上から降ってきた声に、危うく声を上げそうになる。

すんでのところで口元を両手で覆った日鞠は、大きく目を見開いたまま後ろを振り返った。

「こ、孝太朗さん、どうしてここに……？」

「閉店作業中に呼び出されたきり、あの馬鹿が戻ってこないんでな」

日鞠は改めて、向こうの通りに立つ二人に視線を向ける。

彼らの間に流れる空気は、遠目にも和やかとは程遠く感じられた。

この寒空の下で、いったい何を話しているのだろう。

「大丈夫でしょうか。もしかして類さん、何か因縁をつけられているんじゃ？」

「だとしても問題はねえ。こんな経験は、あいつにゃ珍しいことでもねえからな」

「でも……」

「静かにしていろ」

短く告げた孝太朗に、日鞠は反射的に息を潜める。

再び背後を振り返ると、孝太朗の視線が二人に集中しているのがわかった。

「……『やっぱりお前も、有栖さんに目をつけていたんだな』」

「あ……っ」

その口から出た台詞は、孝太朗自身のものではなかった。

狼の血を継ぐ孝太朗は、人間の姿のままでも、聴覚を普通の人間の何倍にも働かせることができる。

今あえてその力を使うのは、日鞠がよほど心配そうな表情を浮かべていたからだろうか。

そのあと孝太朗が聞き取った会話は、おおよそこのようなものだった。

——あんな美人な子がお店に来てくれたら、顔を覚えるくらい当然でしょ。

——ほう。つまりお前は、有栖さんのことを特別視しているわけではないと？

——あのさあ。惚れた相手ができるたびに、俺の動向を確認しに来るのもいい加減にしてくれる？

——それはお前のせいだろう！　まさかと思って調べてみれば、案の定有栖さんとも知り合いではないか！

――人聞き悪い。それは今までお前の見初める相手がことごとく、男の外見目当ての女だったってだけだろ。

――……おい。その言葉、よもや有栖さんをも侮辱するものではあるまいな。

――そんなわけないでしょ。

「『あんな聡明な人に、俺なんかは相応しくない』」

孝太朗の声を通して伝わった類の言葉が、日鞠の胸に重たく落ちていく。

月明かりに照らされた類は、美しく微笑んでいた。

しかし日鞠にはどうしてか、それが故意に感情をそぎ落とした表情に見えてならなかった。

「日鞠ちゃん、昨日はごめんね」

翌朝。

カフェの開店準備中に何気なく類に話しかけられ、日鞠は一瞬答えに窮した。

「変なところを見せられて、日鞠ちゃんも驚いたでしょ」

「あ、いえ、そんな」

「あの男は釜中太喜っていって、昔からの腐れ縁なんだよね。時々ああして難癖つけにきては何も頼まず帰ってく、傍迷惑な客だよ」

「そ、そうですか」

いつもどおりの口調で語られた説明に、どう反応していいのかわからない。

あくまで普段どおりを装い、日鞠はカフェ店内のロールカーテンを上げていった。

「どうやら有栖ちゃんをクリスマスイブのデートに誘ったのは、あいつだったみたいだね。昨日、わざわざ本人から教えてもらったよ」

「でも、釜中さんがいったいどうして類さんに？」

「うーん。俺が邪魔をしないよう釘を刺しに、かな？」

テーブルを拭きながら、類が困ったように首を傾げた。

「あいつは昔から惚れっぽくてねえ。小学校の頃から好きな女の子が、それはもー凄まじい勢いで変わっていってた奴なんだけど」

「はあ、なるほど……？」

「その女の子たちを、俺が軒並み惚れさせていっちゃって。合計で何人だったかな。今はもう、顔も名前も覚えてないけれど」

「えっ」

思いがけない言葉に、カーテンを上げる日鞠の手が止まる。

「あいつはそのことをいまだに根に持ってて、今も好きな人ができたら決まって俺に釘を刺しに来るんだよ。今度こそは自分の恋路の邪魔をしてくれるなってね」

話す類は、どこか楽しげに笑う。

その横顔は、まるで日鞠の知らない人のようだった。

ざわざわと波打つ心臓に、日鞠は無意識に眉間にしわを寄せる。

「……ああ、ごめんね。もしかして、軽蔑させちゃったかな」

硬い表情の日鞠に気づいた様子の類が、困ったように眉を下げる。

「女の子はこんな話、聞きたくないよねえ。本当ごめん。もしも気分が悪ければ、今日の午前シフトは俺だけで対応するから」

「……当たり前です。とてもとても、気分が悪いです」

「うん。ごめんね」

「どうしてそんな風に、自分を貶めようとするんですか」

置いてあったほうきを手に取りながら、日鞠は類に厳しい目を向ける。

見開かれた類の瞳に一瞬、いつもの光が戻った気がした。

「類さんはいつも自信満々で、自称イケメンで、実際イケメンで、周りに常に気を配っている優しい人なのに……どうして、そうやって自分自身に意地悪するんですかっ?」

「い、意地悪って」

「だって最近の類さん、自分への悪口ばかり！」

次第に感情が高ぶって、声が湿っぽくなっていく。

情けない。それでも、溢れる言葉が止まらない。

「そんなのもう聞きたくありません！　だって私は、類さんのことが大好きなのに……！」

「……！」

「私だけじゃありません！　孝太朗さんだって、類さんのことが好きじゃなきゃ一緒にカフェなんてやるわけないじゃないですか！　先月知り合った深雪ちゃんもしーちゃんも、類さんにとても感謝していましたし、常連のお客さんなんて、ほとんどの方が薬膳茶と類さんの笑顔に癒やされに来ているじゃないですか……！」

はあ、と大きく息を吐く。

同時に、目尻からぽろりと雫がこぼれるのがわかった。

素早く袖で拭き取り、再度類の顔を見据える。

「ありがとう、日鞠ちゃん」

しばらくの間のあと、類は弱々しく微笑んだ。

「でもね。このカフェのお客さんが好いているのは、本当の俺じゃないよ。孝太朗とこのカフェをやることになったのだって、俺が巧みに外堀を埋めたからだ。あいつが、俺の目の届かない場所に行かないように」

「そと、ぼり?」

「ほら。日鞠ちゃんだって、知ってるでしょう? 俺が打算で動く奴だって」

すぐさま否定しようとした日鞠だったが、向けられた類の眼差しに思わず口を噤む。

いつも明るい薄茶色の瞳に、今は深い悲しみと諦めが影を落としていた。

「優しいのは俺じゃない。日鞠ちゃんのほうだよ」

力なく言った類は、日鞠が手にしていたほうきをそっと受け取った。

「妙な空気にしちゃったね。日鞠ちゃん、今日は本当にもう休んでもらっていいから」

「……『あの人は何か言っていましたか』って、有栖さんに聞かれました」

日鞠がぽつりとこぼした言葉に、類の動きがぴたりと止まった。

「イブの日は十二時に、札幌駅一階の白いオブジェ前で待ち合わせだそうです。そのあとランチをして、書店を回って、クリスマスツリーのイルミネーションを見るんだって言っていました。デートですもんね。きっと有栖さん、いつも以上に魅力的で素敵な装いなんでしょうね」

「日鞠ちゃん」

「ねえ類さん」

すう、と息を吸う。

ゆっくりまぶたを開き、日鞠は口元に笑みを浮かべた。

「類さんは、やっぱり優しい人ですよ」

「え」

「類さんがどれだけ自分を貶(おとし)めても……私のこの考えだけは、ずっと変わりませんから」

この街に来てから、類には幾度も助けられてきた。

機転を利かせたフォローと持ち前の明るさは、日鞠だけじゃなく、周りのたくさんの人を照らしてきた。

そして本人だけが、そのことに気づいていない。

「さてと。開店準備がまだ途中でしたね。時間も押してますから、早く済ませちゃいましょう」

「日鞠ちゃん……」

ありがとう。その言葉と同時に、店の扉が開いた。

「どうした」

「いいえなんでも。おはようございます、孝太朗さん」

「おはよー、孝太朗。相変わらずの重役出勤だねえ」

揃って笑顔で迎えた日鞠と類に、遅れて出勤してきた孝太朗は怪訝な表情をする。

それでも特に追及するでもなく、三人は各々開店準備を進めていった。

もしかしたら自分が何を言っても、類の心の奥に立ち入ることはできないのかもしれない。

でも、それでもいいのだ。

ただ彼が必要としているときに、自分や孝太朗が手を差し伸べられるのならば。


それから数日後。

午前のみの営業の日を見計らい、日鞠は一人買い物に出掛けていた。

北広島駅からそう遠くない、新札幌駅だ。

駅には複数の商業施設が繋がっていて、衣料品から文房具、食料品までを取り扱う様々な店舗が集まっている。

内装はすっかりクリスマス一色で、緑と赤のカラーリングとサンタクロースや雪だるまの飾りが至るところで見られた。

「ふう。素敵なプレゼントを見つけられてよかったなあ」

店舗のひとつから、日鞠は満足げな顔で出てきていた。

あと数日後には、孝太朗と恋人同士になって初めてのクリスマスだ。

薬膳カフェは通常どおりの営業予定のため、二人の間に特段予定があるわけではない。

それでも何か恋人としてできることはないかと考えた結果、「クリスマスといえばプレゼント」というシンプルな結論に行き着いたのだ。

もともと、孝太朗は物欲があるほうではない。

渡したいのは、プレゼントに込められた気持ちのほうだ。

「孝太朗さん、喜んでくれるといいな……、きゃっ！」

足取り軽く改札を抜けた矢先、目の前の光景ががくんと揺れた。

次の瞬間足に走った鋭い痛みに、日鞠は顔をしかめる。

いけない。どうやら足を挫いてしまったらしい。

ひとまず人の邪魔にならないよう壁際に避けようとした日鞠に、思いがけず声が掛かった。

「お嬢さん、大丈夫ですか？　よろしければ自分が、手助けをさせていただきますよ！」

「え？」

振り返った先にいた声の主に、日鞠は大きく目を見張った。

新札幌駅を出発した電車が、心地のいい揺れとともに乗客を次の駅へと運んでいく。

「本当にありがとうございます。動けずにいたので、助かりました」

「いえいえ！　自分も帰る駅は同じ北広島でしたので。お役に立ててよかったです！」

快活に笑うその人に、日鞠もつられて笑みを浮かべた。

しかし正直、内心は非常に複雑だ。

負傷した日鞠を助けてくれた、親切な人物。

実はその人こそ、先日有栖をクリスマスイブデートに誘った張本人、釜中太喜その人だった。

茶色のダッフルコートをまとった身体はやはり体格がよく、もともと小柄な日鞠はますます背が縮んだような気分になる。

電車に乗り込み、太喜が確保してくれた席にゆっくりと腰を下ろした日鞠は、そっと目の前に立つ彼に視線を向ける。

きっと、この人はいい人だ。

負傷した日鞠に声をかけ、よろける日鞠を支えたり荷物を持ったりと、人のよさは疑う余地はない。

それでも、類と有栖のことを考えると、やはり複雑な思いが拭えなかった。

「すみません。ご迷惑をおかけしてしまって」

「困った女性をお助けするのは当然のことです。それに……実を言うと、あなたとは初対面というわけではないんです」

「え？」

首を傾げる日鞠に、頬を染めた太喜がゴホンと咳払いをする。

「つまりその、あなたは確か、北広島駅近くの薬膳カフェにお勤めの日鞠さんですよね？　穂村類や大神孝太朗、そして楠木有栖さんとも親交のある……」

自分の名とともに、覚えのある人たちのフルネームが羅列され、呆気に取られる。

同時に、日鞠の中で警戒信号が灯った。

まさかこの人、何か裏があって自分に接触してきたのか。

「……助けていただいたことはとても感謝しています。でも、私の私生活についてまでお話しする義務はないと思いますがっ」

「ああ、いや、それはもう仰るとおりです。どうぞどうぞ、お気を悪くせずに……！」

よほど感情が表に出ていたらしい。電車内には会話の届く範囲に数名の客もいたが、その目を気にする余裕もなかった。

電車は間もなく北広島駅に到着する。

「お話しできることは何もないです。失礼します！」

「あ、ま、待って！」

ドアが開くのと同時に、日鞠は電車を飛び降りた。

足がまだ痛んだが、意地で我慢する。

階段は無理だ。エレベーターを使おう。

幸い今の時間、孝太朗は家で過ごす予定と聞いていた。

面倒をかけてしまうが、携帯で連絡を入れて事情を話せば、迎えに来てもらえるかもしれない。

「待ってください！　僕はただ、君に聞きたいことが」

「きゃあ⁉」

閉じかけたエレベーターの扉を割って入ってきた男に、日鞠は思わず声を上げた。

挟まる！

ところが目の前の大きな身体は、なぜかするりとエレベーター内へ入り込んだ。

「えっ」

尻餅をついた日鞠は、襲ってきた軽い衝撃に目を丸くする。

視界に飛び込んできたのは、ふさふさした茶色の毛に目もとの黒い模様。

ぽってりした愛らしいフォルムに、小さく丸い動物の耳だった。

「タヌキ……？」

へたり込むような体勢でこちらを見上げるつぶらな瞳に、日鞠の警戒信号は見る間に消灯した。

従来、狼は狸の捕食者とされている。

「で？」

地響きのような低い声に、狸はもちろん日鞠も肩を揺らした。

今孝太朗の自室には、胡座をかいた孝太朗と、正座でびくびく震える狸が対峙している。

日鞠は挫いた足に用意された冷のうを当てながら、孝太朗の後方で二人の様子を窺っていた。

「わざわざ俺の目の届かないところで日鞠に接触しやがって、いったいどういう了見だ？太喜」

「うう。す、すみませんごめんなさい申し訳ございません」

「孝太朗さん、ひとまず睨むのをやめていただかないと、話が進まないので……！」

日鞠の言葉に、孝太朗は重く長いため息を吐いた。

負傷した日鞠に呼ばれた孝太朗は、あっという間に北広島駅へ姿を見せた。

そして日鞠の腕に抱かれた茶色の獣の姿を確認してからというもの、孝太朗の眉間にはしわが刻まれたままだ。

「太喜。ひとまずお前はさっさと人型に化けやがれ。見た目が狸のままじゃこちらも気が削がれんだよ」

「い、いやあ。この姿のほうが孝太朗の怒りも、少しは抑えられるんじゃないかなーと」

「日鞠。今日の晩飯は狸鍋だ」

「うわあああ！　冗談です冗談！　今日はちょっと人に化ける時間が長かったから、力を使い果たしちまっただけだよう……！」

前足を擦り合わせながら、必死に許しを請う狸の図。

実にシュールだったが、日鞠もこの街に住み始めて八ヶ月。こういった不思議展開にもすっかり免疫がついてきた。

「つまり釜中さんは、狸の血を継ぐ方だった……ということでしょうか？」

「いや、平たくいえば化け狸だな。それもあってか、ことあるごとに類の奴を目の敵にしてやがる」

狐と狸は、「人を化かす」という共通点がある。

以前店の外で話し込んでいたときも、太喜は類に対して妙に突っかかる物言いだったが、なるほど、そのせいでもあったのか。

「類のことが嫌いなのは否定しないけど、まさか孝太朗の恋人に手を出したりしないよぉ。接触したのは事実だけど、ケガをした日鞠さんが心配で声をかけたのも本当なわけで」

「日鞠。足の痛みはどうだ」

「はい。幸い症状も軽いみたいで、だいぶ痛みは引いてきました」

「そうか」

「……その優しさを、一パーセントでも僕に向けてほしい」

「あ?」

「調子に乗りました！　すみませんごめんなさい申し訳ございませんんん！」

幾度となくひれ伏す狸の姿に、日鞠はすっかり気勢を削がれていた。

何かよからぬことを考えての接触かと思ったが、どうやらそうでもないらしい。

それともこれは、日鞠が狸に化かされているのだろうか。

「実は自分、日鞠さんにどうしても聞きたいことがあったんです。日鞠さんがどういういきさつで、孝太朗を好きになったのか！」

「……えっ」

思いも寄らぬ太喜の言葉に、日鞠も孝太朗も呆気に取られた。

「詳しいことは知りませんが、日鞠さんはどうやら孝太朗があやかしの血を引くことを知っている様子。それでもわざわざ彼を恋人に選んだのはいったいどうしてですか？　ぜひぜひ、今後の自分の恋愛の参考にさせていただきたいんです！」

「え、え、ええ？」

どうやら、出任せではないらしい。きらきらした眼差しで回答を待つ太喜に、思わずあとずさりしそうになる。

「ど、どうしてかって言われてもそれは」

本人を目の前に、言えるわけがないでしょう……！

とはいえ何も答えずにいるのも、孝太朗に失礼なような気がする。

孝太朗の反応を見るのは躊躇われたが、少し迷ったあと日鞠は口を開いた。

「あやかしの血がどうとか、正直あまり考えていませんでした。気づいたら孝太朗さんに惹かれていたんです。ただ、それだけです」

「な、なるほど……！」

何がなるほどなのかはわからないが、太喜は納得したらしい。ほっと息を吐いていると、孝太朗が立ち上がった。

「結局は想い人と真正面から向き合うほかねえだろ。いくらこいつの意見を聞いたところで、最後に判断するのはお相手自身だ」

「こ、孝太朗ー……」

「もう人型に戻れるだろ。とっとと帰れ。ここがあいつの職場でもあるってことを忘れんなよ」

　孝太朗の言葉に日鞠は顔を上げる。

　ぽんっという音とともに現れた人間の釜中太喜は、唇を尖らせながら「あーあ」とこぼす。

「結局孝太朗も類の味方か。本当にずるいよなー、あいつって」

「ただの幼馴染みの腐れ縁だ。それはお前だって同じだろう」

「……あーあ。ずるいよなー」

　太喜はぶつぶつと文句を言いながら、拗ねた表情のまま玄関に出た。

　最後に助けてくれたことのお礼を伝えると、太喜はにかっと笑顔で手を振ってくれた。

　悪い人ではない。むしろいい人だ。

　それだけに、やはり日鞠の胸には複雑な思いが小さく残っていた。

「あらあら。それじゃあ昨日駅近くで見かけたのは、やっぱり日鞠ちゃんと店長さんだったのねえ」

　翌日。開店時間の十一時とほぼ同時刻に、常連客の七嶋のおばあちゃんが薬膳カフェを訪れた。

馴染みのカウンター席に着いた七嶋のおばあちゃんからの問いに、日鞠は頬を熱くしながら頷く。

「実はそうなんです……。でもまさか、七嶋のおばあちゃんに見られていたなんて思ってもみなくて。お恥ずかしいところをお見せしました……！」

「恥ずかしくなんてないわ。店長さんが日鞠ちゃんをおぶってあげている、微笑ましい姿だったもの。それはそうと日鞠ちゃん、挫いた足の具合はもういいのかしら？」

「はい。すぐに処置をしたこともあって、今はもう平気です」

「それはよかったわあ。店長さんも一安心ね」

七嶋のおばあちゃんが厨房に笑顔を向けると、孝太朗は無言で会釈を返す。

七嶋のおばあちゃんは、日鞠がこの街に越してきてすぐに交流を持った初老の女性客だ。ふんわりと波打つロマンスグレーの髪と優しく垂れた目元が、柔和な人となりをそのまま表している。

「いいなあ、七嶋のおばあちゃん。俺もその現場をぜひとも目撃したかったなあ」

そんな会話に楽しげに加わったのは、今日はシフトの入っていない、私服姿の類だった。

管狐の情報網で日鞠のケガのことを知り、カフェまで様子を見に来てくれたらしい。

「類さんも、わざわざ来てもらってありがとうございます。足の調子も問題ありませんから、今日のシフトも一人できちんとこなせますよ」

実際今朝からも痛みを感じることなく動かせているし、平日は比較的来客も少なく穏やかだ。

ちらりと視線を向けた孝太朗からも、幸い異論は聞こえてこない。

笑顔を向けた日鞠に、類も「それならよかった」と納得したように頷き返した。

「あら。それじゃあ今日の類くんは、一日お休みなのね」

「そうですね。とはいっても特段予定もないし、手持ち無沙汰な一日になりそうだなあ」

「それなら類くん。私と一緒にお茶でもどうかしら」

七嶋のおばあちゃんの提案に、三人は揃って目を瞬かせた。

「人気者でモテモテな類くんとデートできる機会なんて滅多にないものねえ。もちろん飲み物代は私が持つわ。日鞠ちゃん。いつもの薬膳ドリンクを二人分いただけるかしら」

「あ、はい。かしこまりました……！」

「ほら類くん。隣の席にどうぞ座って？」

「それじゃあ、お言葉に甘えて」

短い逡巡のあと、類は笑顔で七嶋のおばあちゃんの勧めに従った。

その後交わされる何気ない会話の様子を、オーダーを受けた日鞠は厨房近くからこっそり見守る。

この薬膳カフェが開店して初めて訪れた客人でもあるという、七嶋のおばあちゃん。いつも来客の少ない時間帯に一人の時間を満喫していく彼女が、自らこういった提案をするのは珍しかった。

「日鞠。出るぞ」

「はい」

振り返ると同時に、牛乳の優しい香りがふわりと漂う。

二組のティーポットとグラスカップがセットされた木製のトレーを手に、日鞠は再びカウンター席へ進んだ。

「お待たせいたしました。リンゴとナツメとクルミのミルクドリンクです」

七嶋のおばあちゃんがいつもオーダーしている、お馴染みの薬膳ドリンク。

優しい乳白色の牛乳に、リンゴの細かい擦り下ろしがポットの底でふわふわと揺れている。

丸いナツメの実はぷかりと顔を覗かせ、細かく砕かれたクルミの優しい茶色がほのかな風合いを加えていた。

傍らの小皿には、お好みで加えられるハチミツが添えられている。

日々の疲れを溜め込んだ人に、自分をそっと労わってもらうために考案されたものだ。

「ありがとうね。それじゃあ、いただきます」

「俺も、いただきます」

二人揃って手を合わせると、温かな薬膳ドリンクをゆっくり味わう。

しばらく身体を労るような優しい風味を堪能したあと、類の口からはあ、と幸福に満ちた吐息がこぼれた。

「はー……なんだろ。妙に身体に沁みるー……」

「相変わらず、この薬膳ドリンクは香りまでとても素敵よねえ。心がほっと温かくなるわあ」

嬉しそうに目を細める七嶋のおばあちゃんに、類も同じように表情が緩む。

そんな類を見て、七嶋のおばあちゃんはそっと言葉を続けた。

「強引にお誘いしてごめんなさいね。これも、年寄りのお節介とわかってはいるんだけれど」

「七嶋のおばあちゃん？」

「最近ね。類くんも有栖ちゃんも、なんだかとても思い悩んでいる様子だったものだから」

思いがけず飛び出したその名前に、日鞠は小さく息を呑んだ。

それは類も同じだったようで、咄嗟に答えることもできないまま七嶋のおばあちゃんのほうを見つめている。

もともと単独での来店が多い七嶋のおばあちゃんと有栖は、カフェで顔を合わせるごとに穏やかな親交を育んでいたのだ。

「実は昨日、有栖ちゃんが勤めてる図書館にお邪魔したの。有栖ちゃんとも少しお話できたのだけど、なんだか辛そうな、寂しい顔をしていたのよね」

「そう……だったんですか」

「だからね、私がいつもいただいている薬膳ドリンクを飲むといいわっておすすめしてみたの。もしかしたら今日あたり、有栖ちゃんもここに顔を出すんじゃないかしら」

「……はは。どうかなあ」

類のその短い返答には、たくさんの複雑な感情がこもっているように聞こえた。

あれからしばらく、有栖はこのカフェに来店していない。

もともと来店頻度が高いわけではなかったが、クリスマスイブのデートの一件が有栖の足を遠のかせているのではと思わずにはいられなかった。

柔らかく微笑んだ七嶋のおばあちゃんが、再びガラスカップに口をつける。

「元気が出ないときは、自分に優しくしてあげましょう。いつもこの薬膳カフェが、私たちにそうしてくれているようにね」

静かに告げた七嶋のおばあちゃんに、類は小さく頷く。

その後、徐々に客足が増えてきたのを見計らって、七嶋のおばあちゃんはお会計を済ませた。類がせめて自分の分の支払いをと言い張ったが、「自分で交わした約束だもの。きちんと守らせてちょうだいな」という笑顔の訴えに、結局引き下がることになった。

見送りに出た日鞠が、カフェの扉を開く。空には雲が垂れ込めているものの、やはり雪は降っていなかった。

クリスマスイブまで、あと三日。

「今年は、ホワイトクリスマスになるでしょうか……」

「きっとなるわ。だって、毎年そうだもの」

日鞠の小さな呟きに、七嶋のおばあちゃんはいたずらっぽく予言した。

クリスマスイブ当日。

かくして、予言は見事的中した。

「雪、降ってる……」

「こんなにギリギリになるのも珍しいがな」

「雪、積もってる……」

「いつまでも呆けてるなよ。さっさと開店の準備を進めろ」

僅かに低くなった孝太朗の声に、日鞠は慌ててテーブルの準備を進める。

それでも、視線は自然と窓の外を向いてしまっていた。

空から舞い降りる粉雪がふわふわと舞い、地面に白いヴェールを敷いていく。

気温は氷点下で身に沁みる寒さのはずなのに、この神秘的な光景を見ていると不思議と心が温かくなる気がした。

「日鞠」

「あ、すみません。また手元が留守になってました」

「いや。それもそうだが、そうじゃねえ」

「へ?」

よくわからない言葉に振り返ると、孝太朗が小さく頭をかいていた。

孝太朗が言葉を選んでいるときの仕草だ。

「孝太朗さん?」

「今日は通常どおり十一時オープンだが、十四時をもってクローズする」

「え、そうなんですか?」

初耳だった予定に、素っ頓狂な声が出てしまう。

「それでだ。お前がよければ、店を閉めたあと」

「やほー。二人ともおっはよ！」

その瞬間、まだCLOSEの札を掲げてあったはずの店の扉が開く音がした。

「いやー、やっぱりばっちり雪が降ったねえ。ホワイトクリスマスだねえ」

「類さん！　どうしたんですか、今日シフトは入っていないはずですよね？」

「うん。そうなんだけど、今日はお客さんとしてちょっとお茶でもしていこうかなあってね。もちろんオープン準備はしっかりお手伝いするし……あれ。どしたの孝太朗、いつにも増して凶悪な顔」

類の指摘に、孝太朗の眉間のしわがさらに一段階深まる。

「なんでもねえよ」

短く告げると、孝太朗はさっさと厨房へ入ってしまった。

そういえば、孝太朗との話が途中だったような気がするが、大丈夫だろうか。

少し気になってはいたものの、ひとまず日鞠も二人とともにオープン業務に戻っていった。

「それにしても予想どおりというか、やっぱり客足はいつもよりも鈍いみたいだね」

客人として二人席に腰をかけた類は、薬膳茶を口に運びながら窓の外を見た。

「イベントごとの日に、わざわざ小さなカフェに出向く客もそうはいねえだろうな。加えてこの雪だ」

「そうですね。こんなに急に雪が積もったら、電車が止まってしまうんじゃないでしょうか」

「ははっ、この程度の雪なら心配しなくても大丈夫だよ。北海道は、あと数ヶ月は雪に覆われるからね」

「はあ……すごいですね、北海道」

東京で勤めていた頃は、雪が一センチ積もったら一大事だった。

雪の白に染まる街。

今はもう記憶にないこの景色を、幼い自分は祖母とともに眺めたのだろうか。

「この客足だと、午後の臨時クローズの判断は正解かもしれないですね。孝太朗さん」

「……午後はクローズ？」

狐の三角耳が、ぴこんと垂直に立ったような反応だった。

何やら好奇心たっぷりの類の瞳が、日鞠と孝太朗の二人に向けられる。

その視線に日鞠は首を傾げ、孝太朗は面倒くさげに目を逸らした。

「へええ、それってあれ？　もしかして、孝太朗からの提案なのかな？」

「あ、はい。つい先ほど、今日は十四時をもってクローズにしようと……」

そういえば、あの話は結局最後まで聞けずじまいになっていた。

なにやらにやにやと楽しげな様子の類に、日鞠も自然と孝太朗を見上げる。

そのとき、カフェの扉が開く音がした。

「こんにちは」

「あ……っ」

凛と澄んだ声。

振り向いた先には、服のところどころを雪で白くしたまま佇む有栖の姿があった。

「いらっしゃいませ。有栖さん」

「日鞠さん。少しだけ、ご無沙汰していました」

そう告げて小さく頭を下げる有栖は、リボンとフリルが繊細にあしらわれた白いコートに、腰元からふわりと広がる黒のワンピースを身にまとっている。

ウィッグはいつもの銀髪ではなく、長いストレートの黒髪だ。とてもよく似合っている。

しかし正直、今日の来訪は予想していなかった。

なにせ今日は、太喜と彼女のクリスマスイブのデート当日なのだ。

「いらっしゃい、有栖ちゃん」

有栖を席に案内するべきか逡巡していると、いつもと変わらない様子で二人席から類が声をかけた。

その挨拶に、有栖は一瞬だけ瞳を揺らす。

ほんの僅かに口元を引き締めた彼女は、一歩一歩ゆっくりと類の席まで歩み寄った。

「こんにちは、類さん」

「うん。こんにちは」

短い会話はすぐに途切れ、カフェ店内に沈黙が落ちる。

それでも、交わったままの二人の眼差しに、日鞠は胸を掴まれたような心地になる。

「……類さんは今日、お客さんとしていらっしゃっていたんですね」

「そうなんだ。特に予定もなかったし、たまにはいいかなあってね」

「私は……類さんに会いに来ました」

誤魔化しのない、真っ直ぐな言葉だった。

僅かに見張られた類の瞳に、有栖の姿が映り込む。

「今日、類さんがいるのかいないのか、わからないままでした。会えなければ、それでも仕方がないと」

「……」

「類さん。私は」

「今日、十二時に札幌駅で待ち合わせ。だったよね？」

二人を取り巻いていた見えない何かが、一気に霧散したのがわかった。

席に座ったままの類は、朗らかな笑顔で有栖を見上げる。

とても精巧に作られた、いつもどおりの笑顔だった。

「初めての相手とのデートだから、不安もあるよねえ。でも、あいつは人に悪さを働くような奴じゃないし、有栖ちゃんのことをすごく大切にする。実は俺たち幼馴染みでね。長年の付き合いでわかるんだ」

「……」

「だから心配しなくても大丈夫だよ。俺も、君たちのことを応援してる」

「……類さん」

「うん」

「わざわざ……ありがとうございます」

そう告げた有栖の表情は、筆舌に尽くしがたいもので。

それを見た瞬間、日鞠の視界は真っ赤に燃え上がった。

――ガンッ‼


有栖の姿が完全に店からなくなるまで辛抱したことを、誰か褒めてほしい。

気づけば日鞠は、手にしていたトレーを類の背中に力一杯叩きつけていた。

衝撃で椅子からずり落ちた類が、目を白黒させながらこちらを見上げている。

「え。ひ、ひ、日鞠ちゃん？」

「馬鹿、じゃ、ありませんかっ⁉」

全力疾走したときのように、日鞠の心臓は痛いほど脈打っていた。

一気に湧き上がった、類に対する怒りからだ。

「わざわざ会いに来てくれた有栖さんに対して、デートへの応援の言葉ですか！　馬鹿ですか！　馬鹿ですよ！　大馬鹿です！」

「お、大馬鹿……」

「いつまでそうやって、物分かりのいい大人ぶってるつもりですかっ！　好きなんでしょう、有栖さんのことが……！」

ふー、ふーと恥ずかしいくらいに息が荒くなっている。

先ほど思い切り殴られた背中をさすりながら、類は弱り切った苦笑を浮かべた。

「いいんだよ、これで」

凪いだ水面のように静かな声だった。

「有栖ちゃんは素敵な人だ。そんな彼女が、俺みたいな奴をわざわざ選ぶ必要なんてないよ」

「それは有栖さんが決めることです。類さんが勝手に決めることじゃありません！」

「おい日鞠。それを言うなら、今お前も類の決めたことに口出しを」

「孝太朗さんはちょっと黙っててくださいっ！」

ギッと鋭く睨みを利かせた日鞠に、孝太朗はそのまま口を閉ざした。

狼を威圧するその姿に、類はふはっと破顔する。

「いいなあ。孝太朗と日鞠ちゃんはそうやって、ずっと仲良くいてほしいなあって、俺も思う」

「え」

「でもね。俺には無理だ。狼とか狐とか人間とか、そういうんじゃない。孝太朗ならわかるだろ？　俺はもともと、他人を愛する器官が欠落してる」

静かに告げられた言葉に、日鞠の激情もようやく落ち着きを見せる。

「主が命じればお役目第一。母子も容易く離される。そんな環境で育ったからかな。俺はずっと、他人は信用できないって思って生きてきた。でも違った。俺はね、俺自身が一番信用できてない」

床に座ったまま片膝を抱えた類は、小さく笑みを浮かべた。

「別の俺が俺自身を俯瞰して、嘲笑して、監視してる。物心ついたときから、そんな感覚がついて回ってた。自分の本音がどこにあるのか、今でもしょっちゅうわからなくなる。確固たる信念もない、人一人に向き合う気概もない、そんな男なんだよ俺は」

「……」

「有栖ちゃんは、心の底まで綺麗な人だ。俺には眩しすぎる」

「ふざけるな」

日鞠が口にしようとした言葉は、一足早く後方から投げられた。

「なら、今日わざわざここに来た理由はなんだ。シフトも入っていない、雪も降る中、彼女と出くわす可能性がある場所にわざわざ出向いた理由は」

「それは」

「本気で彼女から身を引くつもりなら、相手との関わりの芽を確実に潰していく。それが、俺の知る穂村類だがな」

腕を組み述べる孝太朗の指摘に反論はない。つまりはそういうことだ。

「……弟の日凪太がやってきて私が実家に戻るか悩んでいたとき、類さんは私たちのことを考えて、言いにくい忠告をしてくれましたよね」

その場にしゃがみ込んだ日鞠が、類と真っ直ぐ向き合う。

「深雪ちゃんとしーちゃんのときも同じでした。二人の絆を壊さないように、いつも最善を選んで力になってあげていた。優しさがなければ、そんなことできません」

「そんな、あんなのはどれもただの気まぐれで」

「そうだとしても！　少なくとも私は、とても嬉しいと思ったんです！」

類の手を、両手でぎゅっと握り締める。

至近距離から見据えた類の瞳が、僅かに揺れたのがわかった。

「ここに一人……あなたに心から感謝している人間がいることを、どうか忘れないでください」

「日鞠ちゃん……」

「類」

孝太朗が低い声で静かに呼びかける。

ゆっくり視線を上げた類は、なんとも言いがたい笑みを浮かべた。

「さすがだね。日鞠ちゃん、孝太朗が見初めたのも無理ないや」

「俺もお前には感謝している。ガキの頃からずっとだ」

孝太朗の言葉に、類は目を見開いた。

類はしばらく眺めた自分の手のひらを、ぐっと握り締めた。

孝太朗は嘘を吐かない。そのことを誰より知っているのは類だ。

「俺の情けなさとかずるさとかを知っても……あやかしの血を引くことを知っても。それでも有栖ちゃんは、俺を選んでくれるかな」

「知るか。駄目ならいっそ正面から振られてこい」

「ははっ、ひっでーなあ」

でも、ありがとう。

そう言い残すと、類は背を向け駆け出した。

扉が開閉する音が店内に響き、日鞠は長い息を吐く。

「類さん、行きましたね」

「ああ、行ったな」

「はあ、よかったあ……」

噛み締めるようにこぼした日鞠は、そのままへろへろとその場にしゃがみ込んだ。

今後の二人がどうなるのかはわからない。あとはもう、神さまにお祈りするだけだ。

山神さまなら、すぐ隣にいるけれど。

「いつまでへたり込んでるつもりだ」

「はは、すみません。なんだか気が抜けてしまって」

「呆けてる場合じゃねえだろ。行くぞ」

「えっ」

当然のように告げられた言葉に、日鞠は目を丸くした。

孝太朗が腰元から抜き取ったエプロンを、近くの客席に掛ける。

「上着を取ってこい。カフェは今から臨時休業だ」


日鞠は以前有栖から聞いた話を必死に思い出す。

確か今日の有栖と太喜は、十二時に札幌駅の白いオブジェ前で待ち合わせ。ランチをしたあと書店を回って、サッポロファクトリーのクリスマスツリーを見るはずだ。

「今から電車に乗っても、十二時には間に合いませんね。まずはランチを食べると聞いているので、レストランかどこかに向かうとは思うんですが」

急いで閉店作業と身支度を終えた二人は、北広島駅から電車に乗り込んだ。

「札幌駅直結のレストラン街なら多少絞れる。地下道を通って別の建物に向かわれたらお手上げだ」

「自分で焚きつけておいてなんですけれど、類さん、どうやって探すつもりでしょうか」

恐らく類は、日鞠たちが乗っているものより数本前の電車に乗り込んだはずだ。今から自分たちと合流するのも、なかなか難しい。

「あ。もしかしたら、管狐の管ちゃんに協力してもらうのかもしれませんね。前の栞探しの件で管ちゃんも有栖さんのことは知っているでしょうし、それなら意外と発見は早いかも」

「いや。あいつはたぶん、そうはしねえだろうな」

「えっ、それはどうして」

「面倒な男のプライドだ」

「プライド、ですか」

窓の外を静かに眺める孝太朗を、そっと見つめる。

昔を懐かしむような穏やかな表情が、どこかひどく温かい。

視線に気づいた孝太朗と目が合うと、日鞠も慌てて外に視線を向けた。

「そ、それにしてもあれですね。今日はやっぱり電車も混んでいますね。さすがクリスマスイブ……」

言いながら、はたと気づく。

クリスマスイブの日に、札幌の街に二人で向かうこの状況。

まるで、恋人同士のデートみたいだ。

「お前はまだ札幌駅には慣れてねえだろ。はぐれて迷子になるなよ」

「っ、はい……！」

これはデートではない。ないけれど。

今彼とともにいる時間に胸を躍らせるくらいは、許されるのかもしれない。

周囲の恋人たちとはここへ来た理由こそ違えど、自分と孝太朗も間違いなく、恋人同士なのだから。


札幌駅。

碁盤目状に道が交差する北海道最大の都市・札幌市に存在する大きな駅だ。

駅から続く商業施設には多種多様な店舗が連なり、雪に降られることなく札幌の街を移動できる地下歩行空間にも繋(つな)がっている。

その中で日鞠たちがまず向かった先は、レストラン街だった。

クリスマスカラーに包まれた階層は、正午ということもあり人の量が凄まじい。

「どうやら、店舗前の待合席に二人の姿は見当たりませんね」

「もう店に入った可能性もあるが、さすがにそこまでは追えねえな」

類の姿もない。イケメンが必死に人捜しをしている様子は、人混みだろうとそれなりに目立つものだろう。つまり、ここにはいないということか。

「釜中さん、今日のデートにかなり気合いを入れていたみたいですからね。もしかしたら、高級ホテルレストランでクリスマスランチの予約をしてたりするのかも」

「お前も、そういうところで食べてみたいと思うのか」

不意の質問に、日鞠は首を横に振った。

「恥ずかしながら、私はそういうところは慣れていないんです。かしこまった場所より、気楽に入れるお店のほうが好きですね」

「それじゃあ、あそこはどうだ」

孝太朗の指が向けられた先には、カジュアルな雰囲気のイタリアンレストランがあった。

想定外の提案を受け、日鞠の目が丸くなる。

「ちょうど昼時だ。腹を満たしてから捜しに出たほうがいいだろう」

「っ、デ」

「あ?」

「ですよね。私もちょうど、お腹が空いていたんです……！」

デートだ……！

衝動的な叫びをどうにか押し込めて、日鞠はレストランに向かう孝太朗のあとに続いた。

空腹を満たした日鞠たちは、近隣の書店へ向かうことにした。

札幌駅近辺にある大きな書店といえば、施設五階にある三省堂書店。西側の出口を出て横断歩道を渡った先にある紀伊國屋書店。大通公園をさらに南下した先にあるＭＡＲＵＺＥＮ＆ジュンク堂書店などがあるらしい。

「ひとまず一番近い書店から行きましょうか」

「そうだな」

頷（うなず）き合った二人は、エスカレーターを下り三省堂書店へ向かう。

五階東側に位置するその書店は、敷地面積が広く取り扱いジャンルも豊富だ。店奥にはカフェも併設され、メニュー表にある美味（おい）しそうなスイーツの写真が乙女心をくすぐる。

レジ前の雑貨スペースには可愛らしいクリスマスカラーのアイテムが彩りを添え、道行く人の足を止めていた。

「有栖さんは、うちのカフェでもよく本を読んでいるな」

「そうですね。でも、有栖さんがいつもどんな本を読んでいるのかまではわからなくて……、あ！」

話しながら浮かんだ考えに、日鞠はぽんと手を打つ。

そういえば以前類との会話で、有栖が薦めていた小説の話が出てきていなかっただろうか。

二人はさっそく、小説が並ぶ棚へ足を向けた。

とはいえ、小説と一口に言っても単行本や文庫本、出版社やジャンルの違いなど、その配置は広範囲だ。本棚上部に記された案内を頼りに、ひとつひとつ立ち並ぶ本棚を見て回るが、なかなか望んだ人の姿は見えなかった。

「やっぱりここにはいないんでしょうか」

「近くには他にも書店がある。そちらを先に回っているのかもしれねえな」

「孝太朗さん、有栖さんか釜中さんの匂いで場所がわかったりしませんか？」

「耳と違って、この姿の俺の嗅覚はお前とさほど変わら……」

ため息交じりの言葉は、半端なところで途切れた。

次の瞬間、日鞠の身体は歩を進めようとしていた方向と真逆に引っぱられ、視界が黒い何かに遮られる。

孝太朗が自分の身体を覆うように立っていることに気づき、日鞠の心臓がどきっと大きく跳ねた。

「こ、孝太朗さん？」

「騒ぐな。いたぞ」

「え」

冷静な孝太朗の言葉に、日鞠はすぐさま孝太朗の視線を辿る。

本棚の隙間から僅(わず)かに見えたのは、先ほど薬膳(やくぜん)カフェで見た白いコートと黒のワンピースだった。少し角度を変えると、数日前に目にした茶色のダッフルコート姿の人物も見えてくる。

有栖と太喜だ。

目配せした日鞠と孝太朗は、そこから素早く距離を取り二人の様子を確認した。どうやら書籍を吟味している有栖に、太喜が付き合っているらしい。太喜が手にしているかごの中には、すでに両手の指でも数え切れないほどの書籍が収まっていた。

有栖の隣に立つ太喜の顔に退屈の色はなく、むしろ時折交わされる会話の中で興味深げに表情を変えている。そんな太喜を見て、有栖も心なしか嬉しそうな様子だ。

「類さんは、まだ二人を見つけていないようですね」

「これだけ人が多けりゃな」

「あっ、孝太朗さん、有栖さんたちが動き出しました……！」

「待て、日鞠」

次の瞬間、日鞠は自分の右手が温もりに包まれたことに気づく。

視線を落とすと、一回り大きな孝太朗の手が日鞠のそれを掴んでいた。

「こうしていたほうがいい。尾行に夢中になって、きっとすぐ迷子になる」

「あ……、そ、そうですね」

この人混みだ。途中で離ればなれになってしまったら大変だ。孝太朗に他意はない。

他意はない。のかも、しれないけれど。

「前から思っていたが」

「え」

「お前の手は小さいな」

「っ……」

それでも、どうしようもないくらいの熱がじわじわと込み上げてきて、日鞠は頬を赤くしてしまう。

「それじゃあ行くぞ。気づかれねえようにしろよ」

「はい……っ」

きゅ、と小さく指先を絡める。

するると孝太朗からも指先を絡ませる感触がして、日鞠は再び胸が高鳴るのを感じた。

その後も近隣書店を渡り歩きながら休憩を挟みつつ、有栖と太喜は様々な場所を巡っていた。

札幌駅から南下した先にある大通公園は幻想的なイルミネーションに包まれており、園内で開催されているミュンヘン・クリスマス市では、多くの店舗でクリスマスらしい食べ物や雑貨たちが出迎えてくれる。

有栖たちの背中を追いつつ、日鞠もまたクリスマスならではの光景に心を弾ませていた。

そして最後に二人が向かったのは、大通駅から地下鉄東西線をひとつ東に移動したバスセンター前駅だ。

降車したあと、有栖たちと適度な距離を保ちつつ地上に出た日鞠たちは、徐々(じょじょ)に見えてきた大きな建物内へ入る。

そして、辿り着いたある場所で、急に目の前が大きく開けた。

「わ……！」

そこは、屋内とはとても思えない、全天候型の巨大なアトリウムだった。

広く高い天井を仰げば、濃紺色に染まった冬の夜空を眺めることができる。

アトリウムに伸びる階段には、ポインセチアの赤で彩られた庭園やイルミネーションが施されたアーチが並び、隣り合う飲食店では人々が憩いの一時を過ごしている。

そして、その場に圧倒的な存在感を持ってそびえ立つのは、巨大なクリスマスツリーだった。

青、赤、白。様々な色合いの装飾が施されたツリーの頂点には、きらきらと輝く星が飾られている。

すごい。

胸に押し寄せる感動の波に、日鞠はしばらくその場に立ち尽くしていた。

「綺麗だな」

孝太朗が、日鞠の隣でそっと呟く。

「はい。すごくすごく綺麗です。吸い込まれるみたいです……」

有栖から聞いていた本日の最後の目的地が、このサッポロファクトリーだった。

今いる巨大アトリウムをシンボルとする商業施設で、ジャンボクリスマスツリーのイルミネーション会場でもある。

「次のイルミネーション点灯は、十七時でしたよね」

「ああ。十六時から一時間ごとに五分間、イルミネーションショーが行われるらしい」

改めて、巨大ツリーを前にした二人の様子を窺う。

目の前にそびえ立つ巨大ツリーに瞳を輝かせる有栖と、そんな彼女を幸せそうに見る太喜。

端から見ても一組のカップルに見える二人に、日鞠の心がにわかに焦り出した。

すでに広場には人の賑わいができてきていた。

時刻は十六時五十五分。

「類さん、今いったいどこにいるんでしょう」

「そこの者。今、『類』と言ったか?」

「……へ?」

突如、背後から届いた声。

振り返った先にいた人物の姿に、日鞠は目を丸くした。

胸を張ってこちらを見上げるのは、年端もいかない少年だった。

ほのかに茶色がかった癖のある髪に、つぶらな瞳。

丸みを帯びたふんわり柔らかそうなほっぺが、尖った唇と連動してぷくーっと膨らんでいた。どうやらこちらを威嚇しているつもりらしい。

「ええっと。君は誰かな？」

「まずは聞かれたことに答えろ。俺はお前に、『類』という名を口にしたかと聞いている」

「あ、うん。口にしたね」

素直に認めながら、日鞠は少年を注視する。

子どもサイズの真っ赤なダッフルコートをまとったその体躯は小さく、小学生にも満たない年齢に見える。

「それで、君は誰？　お父さんやお母さんは一緒じゃないの？」

「その辺のガキんちょと同じ扱いをするな。さてはお前ら、おじちゃんを邪魔する敵の仲間だなっ！」

ビシッと効果音が出そうな勢いで、少年は指をさす。

どうしたものかと隣に目配せすると、孝太朗はため息を吐きながら一歩前に出た。

「ある意味当たってはいるな」

「やっぱりやっぱり！」

「だが、俺たちは具体的に何かしようってつもりで来たわけじゃない。ただの見物人だ。横恋慕を企んでいる馬鹿な狐のな」

「よ……よこれんぼ？」

聞き慣れない単語に、少年は小さく首を傾(かし)げる。

「だからお前も、下手な手出しをせずいい子で見守っていろ。赤殿中(あかでんちゅう)」

「なっ⁉」

孝太朗の言葉に、赤殿中と呼ばれた少年は驚愕した。

つぶらな瞳(ひとみ)はますます丸くなり、あわあわと顔を青くしている。

「お前っ、どうして俺の正体を知っているんだよ⁉」

「俺からすれば、逆に気づかないほうが不思議だがな。外面だけ人間の振りをしても、すぐにばれる。お前の『おじちゃん』から教わらなかったか？」

「う……」

どうやら身に覚えがあったらしく、少年は悔しそうに黙ってしまう。

二人の会話にまるでついて行けていない日鞠は、こそっと孝太朗に解説を求めた。

「あの、孝太朗さん。赤殿中っていうのは……？」

「赤殿中は、子狸の妖怪だ。その名のとおり、赤い殿中をまとった人間の子どもの姿で現れる」

「すみません。その殿中というのが、よくわからないんですが……」

「殿中は殿中羽織の略で、袖のない羽織のことだ」

「おいお前らっ、俺のことを無視するな！」

不服そうに叫ぶ赤殿中の少年には、確かに狸特有の愛嬌が滲んでいる気がする。

日鞠は少年と視線を合わせるように、その場にしゃがみ込んだ。

「私の名前は日鞠っていうの。はじめまして赤殿中くん」

「赤殿中は、俺の名ではない！」

「あのな。文句を言うなら名を名乗れ」

「……広喜」

「広喜くんね」

孝太朗の助け船に感謝しつつ、日鞠は話を続ける。

「さっき話してたおじちゃんって、もしかして釜中さんのことかな。釜中さんのことが心配でここまで一人で来たの？」

「そうだよっ。ここに来て気弱なおじちゃんのあと押しをしてやろうと思って」

「やめておけ。そういうのは当人同士でやれば済む話だろう」

「よく言うよ。おっさんたちだって、どうせ俺と同じ考えで来たんだろ？」

威勢を取り戻した広喜の「おっさん」呼びに、孝太朗が小さく固まったのがわかった。

孝太朗がおっさんならば、自分はおばさんということだろうか。

確認する勇気はもちろんないが。

「と、とにかくね。私たちはただ知り合いの様子が気になって来ただけなの。だから君も、ここで大人しくおじさんたちのことを見守っていよう？　ね？」

「やーだね！　太喜のおじちゃんは、いつもいつも損な役ばっかり引き受けちまうんだから。ここは俺が一肌脱いで、おじちゃんの恋を実らせてやるんだ！」

「……？　広喜くん、それってどういう……」

問いかける日鞠の肩に、そっと孝太朗の手が置かれた。

「孝太朗さん？」

「類の奴も、どうやら近くまで来ている」

「！　本当ですかっ」

それでも、時間が経つごとに人が増えてきた広場の中だ。

今から類が目的の二人を見つけ出すのは至難の業だろう。

せめてこちらは二人を見失わないようにと、日鞠は懸命につま先立ちをしてツリー前の二人に視線を向け続ける。

時刻は十七時を迎えた。

「あ……っ」

照明がそっと落ち、アトリウム内に鐘の音が響き渡る。

やがて流れ始めたクリスマスソングのメロディーの音色が、その場にいる人たちの心を優しく包み込んでいった。リズムに合わせてクリスマスツリーの電飾が色とりどりに瞬き、人々の笑顔を照らしていく。

なんて温かくて、素敵な空間なんだろう。その美しさに思わず目を奪われそうになりながらも、日鞠ははっと我に返り、ツリー前の有栖たちに再度視線を向ける。

すると日鞠の目の前に、思いがけない光景が映し出された。

「……え？」

今目にしたものは、見間違いだろうか。

さっきまでそこに並んでいた二人の影が、今は――

「有栖ちゃん！」

館内に響き渡る華やかなメロディーとともに、観客から歓声が上がる。

そんな中でも、その人物の声は日鞠たちの耳にも確かに届いた。

イルミネーションに照らされながら現れた人物は、こめかみに滲んだ汗をぐいっと拭う。

彼はそのまま乱れる息を整え、歩みを進める。

その先には、黒のワンピースに白のコートをまとった有栖の姿があった。

幻想的な光が辺りを彩っている。

目前で歩みを止めたその人物に、有栖は驚きと困惑の表情を浮かべた。

「類、さん……？」

「ごめんね有栖ちゃん。でも、やっぱり無理だった」

「え？」

「俺は……どうしても、君のことを諦めきれない……！」

瞬間、アトリウム内が一斉に眩い光に包まれた。

それはまるで贈り物のふたを開けた瞬間のように、見ている者たちの心を躍らせる。

ツリー前の彼らの様子を少し離れた場所から見つめていた日鞠は、幾度となくゴシゴシと目を擦った。

「え、え、ええ……？」

「ようやく来たな。慌てていたとはいえ、勘が鈍りすぎだ」

「それよりも、こ、孝太朗さんっ」

視線の向きはそのままに、日鞠は隣の孝太朗に声をかける。

「私の目……さっきからなんだかおかしくて。なんだかその、ツリーの前にいる有栖さんが……」

「おかしくねえよ」

「え」

「今有栖さんは、そこに『二人』いる」

やっぱりそうだ！

いつもの調子で語る孝太朗に、日鞠は目を剥いてツリーの前を凝視する。

類が現れる直前、ツリーにイルミネーションの明かりが灯されたときのことだ。

一瞬前まで有栖と太喜が並んでいたはずのその場所に、気づけば有栖と『もう一人の有栖』が肩を並べて佇(たたず)んでいた。

辺りに通常の照明が戻ってくる。

日鞠が再びツリーのほうを見ると、片方の有栖が類と何かを話しているようだった。

「っ、行きましょう、孝太朗さん……！」

「おい」

咄嗟(とっさ)にツリー前に向かって人混みをかき分ける日鞠だったが、到着する前に、類と有栖はともに歩き出した。どうやらこのまま地下鉄駅まで向かうらしい。

二人が無事にアトリウムをあとにしたのを見届けつつ、日鞠は残された片割れの有栖のもとへ向かった。

「す、すみません、あのっ」

日鞠のほうを振り返った顔は、まさに有栖と瓜二つだ。

それでも、有栖本人ではないのだとするならば。

「釜中さん、……ですよね？」

「ははっ、日鞠さんにもバレちゃいましたか。僕の変化(へんげ)の術もまだまだかなあ」

へらっと困ったように笑う片割れの有栖に、日鞠は慌(あわ)てて首を横に振る。日鞠が見抜けた理由は、単にその場にいたはずの彼がいなくなっていたからだ。

突如現れた片割れの有栖の正体は、やはり有栖に変化(へんげ)をしていた釜中太喜その人だった。

「でも釜中さん、どうしてわざわざ有栖さんの姿に……？」

「こんのっ、バカタヌキーっ‼」

「ぶふっ⁉」

次の瞬間、弾丸のように飛びかかってきた赤いコートの少年によって、太喜はどすんと後ろにひっくり返った。

姿が戻った太喜にのしかかると、赤殿中の広喜は容赦なくその腹をポカポカ殴りつけた。

「だーからおじちゃんは人がよすぎるんだっつーの！　タヌキのくせに！　タヌキのくせに！」

「広喜っ、ポカポカすんなって！　あとタヌキって言わないの！　めっ！」

「他人(ひと)さまの集う場で騒ぐな。太喜、広喜」

鶴の一声だった。鶴じゃなくて狼だが。

背後からの孝太朗の低い声に、伯父と甥っ子の動きがピタリと止まる。

おずおずと起き上がった二人に、孝太朗は深いため息を吐いた。

「いいのか太喜。彼女のことは」

「まあ、仕方ないでしょ。そもそも僕はデートにお誘いしたとき、一度有栖さんに振られてるからさ」

「えっ、そうだったんですか？」

思わず聞き返してしまった日鞠に、太喜は朗(ほが)らかな笑みを向ける。

続いた太喜の話によると、デートの誘いの際、有栖は他に気になる人がいるのだと答えたらしい。しかしそれが恋愛感情なのかどうかわからないらしく、太喜はまだ一縷(いちる)の希望を捨てきれなかったのだという。

「でもさ。好きだからこそ、やっぱり気づいちゃうんだよなあ。彼女の中に居座る本命の存在にさ」

　そこで太喜は、肝心の本命、すなわち類の想いを確認するべく、ある計画を立てた。

「舞台は巨大ツリーのイルミネーション前。あいつが僕たちを見つけるのにそう長くはかからないと思ってたから、この時間になるまでは術で邪魔してさ。ただでさえ視界の悪い中で、本物の有栖さんを見分けることができるのか、あいつを試してみたんだよ。有栖さんにはちょっとしたマジックだって言ってね。僕の変化を見抜けなかったら、あいつの有栖さんへの想いは半端なものだったってわかると思ってさ」

　至近距離に並んだ、二人の有栖。

　身丈から服装、端整な顔立ちまで、有栖を再現した彼の変化は完璧だった。

「でもあいつは、躊躇なく本物の有栖さんに呼びかけた。少しでも不誠実な態度を見せたものなら追い返してやろうと思っていたけれど……あんな必死に女性にすがるあいつは、初めて見たからさ」

「傍迷惑な幼馴染みだな」

「本当だよ。これだから狐はやだやだ」

　交わされた視線は、二人が旧知の仲であることを窺わせた。

「さあさ。俺は可愛い甥っ子に失恋の痛手を癒やしてもらうから、孝太朗たちももう行かなくちゃ。あの二人を見失うよ」

赤いコートをまとった甥っ子の肩を抱き、太喜はにかっと笑った。

「あの小憎たらしい幼馴染みのこと、ちゃんと見張っててくれよな。孝太朗」

サッポロファクトリーから北広島駅までは、電車を乗り換える必要がある。

新札幌駅で電車を乗り換えてもなお、二人の間には会話らしい会話はないままだった。

夕方で多少混雑する電車内、いつもの類なら適当な理由をつけて彼女の手を握ることもできただろう。

しかし今このときに関しては、頭がまったく働かなかった。

「類さん。大丈夫ですか」

鈴を転がすような有栖の声が、類の耳に届く。

「とてもお疲れに見えるので。辛いようなら、向こうの優先席まで行きましょうか」

「いや。俺は全然平気だよ。どうせあと一駅だしね」

まずい。そんなに感情が顔に出ていただろうか。

努めて朗らかに答えたが、有栖の心配そうな表情が消えることはなかった。

彼女の視線はとても真っ直ぐだ。

初対面のとき、類はその目を密かに苦手に思っていた。

それがいつの間に、自分に向けてほしくてやまないものになったのだろう。

「ほら、あそこにいるの。すっげー美人じゃね？」

人混みの向こうから、若い男の声が聞こえてきた。

「いや美人は美人だけど、あのカッコはないだろー。いくら美人でも俺はパスだわ」

「ばっかよく見ろよ。ああいう格好をほどいていくのが、男としてはそそる……」

「有栖ちゃん」

男たちの会話を遮断するように、類がその名を呼ぶ。返事を待たずに動いた類の腕は、ごく自然に有栖の腰に添えられた。そのまま類は有栖と立ち位置を入れ替える。まるで自分の身体を盾にするように。

「ごめん。駅に着くまでこのまま、くっついていさせてくれる？」

「類さん、私なら大丈夫ですよ。よくあることですから」

男たちの会話に気づいていたらしい有栖が、慣れた調子で口にした。

「駄目。大丈夫じゃない」

「いえ、私は本当に」

「俺が、大丈夫じゃないんだ」

言い切った類の視線が、先ほどの会話の主を貫く。

氷のように冷め切った眼差し(まなざし)に、男たちは慌て(あわ)た様子で会話を切り上げた。

馬鹿な奴ら。でも、俺はもっと馬鹿だ、と類は思う。

半ば衝動で抱き寄せた有栖の温もりに、こんなに容易く胸を乱し、満たされている。

自分の気持ちとも過去とも、真っ直ぐ向き合うこともできないくせに。


しばらくして電車は北広島駅に到着した。

改札口を出た先にはエルフィンパーク交流広場がある。

毎年この時期には、広場中央にクリスマスツリーが色とりどりに飾られて立っていた。

駅を訪れる人たちの心をそっと和ませる、北広島の冬の風物詩だ。

「類さん」

そのツリーの前で歩みを止めると、有栖は改めて類に向き合った。

「駅まで送っていただいて、ありがとうございました」

「そんなのお礼を言われることじゃないよ。俺がデート中の君をさらってしまったわけだからね」

「あのときの類さんの表情……私、初めて見ました」

ああ、まただ。

またこの、淀みのない澄んだ視線が向けられる。

適当な言葉で誤魔化(ごまか)すことができないその瞳(ひとみ)に、類は曖昧な笑みを浮かべた。

「格好悪いよねえ。デートを応援するようなそぶりを見せておいて、結局は必死になって君のことを捜し回ってるんだから」

「いいえ。格好いいと思いました」

広場の中央で、二人の視線が静かに交わる。

「私は、格好いいと思いました。他の誰よりも……あなたのことを」

「有栖ちゃん」

「それに……あの場所に類さんが来てくれたと知ったとき、とても嬉しかった」

一言一言、噛み締めるように紡(つむ)がれていく言葉に、類の胸の奥がじんと熱を帯びていく。

「私、太喜さんに言われるまで、類さんに対するこの気持ちがなんなのか、わからないでいました」

喉に何かつっかかるような感覚がせり上げ、次第に抑え込めない衝動に変わっていく。

「でも、ようやくわかったんです。私は類さん、あなたのことが」

「待って」

続くはずだった有栖の言葉は、静かに途切れた。有栖の唇を類の手が塞いだのだ。

その事実に気づいた有栖が、さっと悲しみの色を滲(にじ)ませる。

類は首を横に振った。

「デート中の女の子を強奪しておいて、肝心なことを女の子のほうから言わせるわけにはいかないよ」

「え?」

「有栖ちゃん。ファクトリーのイルミネーションは、結局ほとんど見られないままだったよね」

類は有栖の唇に添えた手を、そっと離す。

そのまま頭上に手をかざすと、虚空に何かを描くように指先を泳がせた。

「あ……」

次の瞬間、イルミネーションの光とは明らかに異なるものが浮かび上がる。

雪ほどの小さな、橙色の光。

狐火だ。

細かな火の粒が渦を巻くように辺りを舞ったあと、美しく列を成す。

有栖に捧げられた、クリスマスイルミネーションだった。

「太喜の幻術を見て察していたかもしれないけれど、実は俺もただの人間じゃない。人ならざる者の……あやかしの血を継いでいるんだ」

静かに語り出した類に、有栖は視線を合わせる。

「それも、正直かなり面倒な家系の末裔だ。きっとこれから先、色々な場面で家の主から口出しされる。そういう古くさい慣例が今も変わらず残ってる、そんな家の跡取り息子だよ」

「そうだったんですね。初めて聞きました」

そう答える有栖の眼差し（まなざし）は、変わらず真っ直ぐに類へと注がれている。

もう、己を誤魔化（ごまか）すことはしない。

「俺ね、来月の十五日が三十歳の誕生日なんだ」

唐突な話題転換に、有栖は目を瞬（またた）かせる。

「穂村家では、三十歳を境に権力構造が大きく見直される。その際に色々面倒なことを画策する存在もいたりして、下手をすると周囲の人を巻き込みかねないんだ。何より俺自身にも、片をつけなくちゃならないことが残ってる。こういう半端な状態のままじゃ、胸を張って君の隣に立つことはできない」

「類さん……」

「だから、一月十五日までに全部ケリをつけてくる。そして君ときちんと向き合える俺になったら、俺から君に本当の気持ちを伝える。大切な君の……恋人になるために」

見開かれた有栖の瞳に、狐火の光がきらきらと一層瞬いた。

「だから、それまで俺のことを待っててほしいんだ。……駄目かな？」

「……わかりました。いいですよ」

柔らかく微笑んだ有栖に、類がほっと緩んだ顔を見せた。

狐火の温かな光は、いつしか雪のように消えていく。

イルミネーションの明かりが、広場に並ぶ二人を優しく照らしていた。

駅構内のツリーの前にいた二人は、バス停のほうへ歩き出した。有栖を送るつもりなのだろう。

二人の背中が見えなくなるまで、日鞠と孝太朗は改札付近で身を潜めていた。

「類さん、まさかあやかしのことを有栖さんに明かすとは思いませんでした」

遠くから見守っていた二人のやりとりは、孝太朗の耳の力で聞き取れていた。

駅の中央で美しく輝いた、狐火のイルミネーション。

あの幻想的な光景を目にできていたのは、あの場では有栖と孝太朗と日鞠だけのようだった。

「あいつも考えあってのことだろう。問題はねえよ」

孝太朗の言葉に、日鞠も笑顔で頷く。

来月、類の家庭の事情が大きく動くらしいことも、あの二人の様子を見た今では些末なことのように思えた。

大丈夫。きっとあの二人なら、何があっても乗り越えられる。

「あ、また降ってきましたね」

気づけば空から、再び雪が舞い降りてきていた。

鼻先にそっと雪が着地するのを感じ、日鞠はふふっと笑みを漏らす。

目の前に佇むのは、日頃図書館通いのために訪れる文化ホールだ。

その建物前の広場にも、毎年この時期に美しいイルミネーションが灯る。

美しい青と白のライトアップに包まれたそこは、昼間通りかかるときとまた違った空間のように映った。

「今日孝太朗さんと札幌を歩き回れて、実は私、とても嬉しかったです」

美しい光景を前に、日鞠が口を開く。

「まるでクリスマスイブのデートみたいだな、なんて思ったりして」

「日鞠」

「ふふ、呆れないでくださいね。一応私も、平凡な一般女性ですから」

「俺も同じだ」

しんしんと雪が降る。

澄んだ空気の中で、日鞠の耳に孝太朗の声だけがはっきりと届く。

「今日はもともと十四時でカフェを閉めて、お前とどこか出掛けることができればと思っていた。それを提案する前に類の奴が来て、妙な展開になっちまったが」

「そう、だったんですか?」

孝太朗がそんなことを考えていたなんて、信じられない。

恋人になって五ヶ月。

初めて迎えるクリスマスが近づいても、二人の間にはデートをしようなどといった甘い会話が生まれることはまったくなかったのだ。

同時に、午後が臨時クローズになると聞いたとき、類が妙に反応していた理由も理解する。

恐らく彼は、瞬時に孝太朗の意図に気づいたのだろう。さすが幼馴染みだ。

「信じられないついでに、これもやる」

孝太朗がコートのポケットから取り出したのは、手のひらサイズの箱だった。

ラッピングのカラーリングは、赤と緑。

どう見てもクリスマスプレゼントとしか思えない贈り物に、頬に熱が上ってきた。

「ありがとうございます……えっと、開けてみてもいいですか」

「好きにしていい。もうそれはお前のものだ」

相変わらずぶっきらぼうな口調に笑みをこぼすと、日鞠は包み紙を開いていく。

中から姿を見せたのは、シンプルな指輪だった。

細かな模様が刻まれたシルバーの台座の上に、一粒の白い石がはめ込まれている。

ところどころ濃淡が見える、優しいミルキーホワイトの色合い。もしかしたらパールだろうか。

「綺麗……」

こぼれた言葉に、孝太朗は微かに目元を和らげた。

「そう言ってもらえるとありがたいが。本当のことを言うと、この指輪は少し曰くつきだ」

「曰くつき？　っていうのは」

「俺の母親の持ち物だった指輪だからな」

瞬間、日鞠は息を呑む。

孝太朗から母親の話を聞くのは、初めてのことだった。

「俺の母親は、俺が生まれると同時に亡くなった。未婚の母でな、他に養育してくれる存在のなかった俺は、そのまま施設で育った」

そう語る孝太朗は、雪が舞い降りる夜の空を見上げる。

「母に関する記憶は何もない。残っているものもごく僅かだが、一番状態がいいのがこの指輪だ」

「……駄目、です。受け取れません！」

「は？」

唐突な拒絶の言葉と、突き返されたプレゼントに、孝太朗がピシリと固まる。

しかし必死な顔で見上げてくる日鞠に、すぐに硬直を解いた。

「この指輪を、私なんかがもらうわけにはいきません。大切な大切な、お母さんの形見の指輪じゃありませんか……！」

「なんか、じゃねえよ」

そう言うと、プレゼントの包みごと日鞠の身体を孝太朗が抱き締める。

そろりと見上げた先には、柔らかく微笑む孝太朗がいる。

「俺の女だ。勝手になんか扱いされちゃ困る」

「え、えっと」

「それとも、形見がプレゼントってのはやっぱり少し重いか」

「お、重くない！　重くなんてないですっ！」

「そうか。なら問題ねえな」

あっさり告げた孝太朗が、日鞠の手を取る。

いつの間にか彼が手にしていた指輪が、日鞠の指にそっと通された。

「右手中指に、ぴったりだな」

「はい……」

「この指にはめる指輪は、邪気を払う意味合いがあるらしい。あやかし案件に見舞われがちなお前におあつらえ向きだな」

軽口を叩く孝太朗に反論するのも忘れて、指に輝くパールリングに視線を落とす。

まるで雪みたいな、白くて優しい色。孝太朗の母親が遺した、大切な指輪。

それに込められた愛情を感じて、胸がいっぱいになっていく。

「ありがとうございます、孝太朗さん。大切に、大切にしますね」

「ああ」

「実は私も、孝太朗さんに」

少しの緊張をはらんだ口調で、日鞠は鞄からそっとプレゼントを取り出す。

「こんな素敵なプレゼントをもらったあとで少し恥ずかしいんですけれど、孝太朗さんさえよければ、って、もう開けるんですか⁉」

「あ？　俺宛のプレゼントなんだろう」

そりゃそうですけれど！

想像以上に素早い孝太朗の動きに慌てふためきながら、日鞠はその反応を見守った。

「ブレスレットなんです。その、手作りの」

「お前が作ったのか」

「はい。久しぶりのアクセサリー作りだったので、色々と不格好なところもあると思いますが」

「すげえな」

早口で言葉を並べる日鞠に対し、孝太朗が返したのは短い感嘆の言葉だった。

「孝太朗さんの料理の邪魔にならないように、なるべくシンプルにしたんです。レザーが二色なんですが、実はお店でもかなり迷ってしまって」

「……おお」

「店員さんがわざわざ色見本を出してくれまして、ブラックと茶色がかったボルドーにしました。こっちの色が、孝太朗さんが山神の姿になったときの瞳(ひとみ)の色に、少し似ているような気がして」

「……」

「それと実は、孝太朗さんの手首のサイズがわからなくて、ダイニングチェアに掛けてあった服の袖口をこっそり計らせてもらいました。プレゼントのためとはいえ、勝手にすみませんでした」

「そうか。つけてもいいか」

「え？」

思いがけない言葉に日鞠が目を瞬(またた)かせると、孝太朗が器用にブレスレットを左手首につける。

ブレスレットを作りながらずっと思い浮かべていたその姿に、日鞠は思わず見惚(みと)れてしまった。

「どうだ。作者の感想は」

「すごく、いいです。孝太朗さんにとてもよく似合っています！」

よかったあ、と安堵と喜びの声を漏らす日鞠に、孝太朗はふっと口元を緩める。

こんな些細な表情の変化にさえ、日鞠はどうしようもなく魅せられてしまう。

「孝太朗さん」

「なんだ」

「素敵なクリスマスデートの時間を、ありがとうございました」

「……ああ」

愛しい人と迎えたクリスマスイブの夜。

まるで夢のような幸せに胸をいっぱいにしながら、日鞠は雪の降る北国の夜空を見上げていた。

第四話　一月、狐とお家騒動

年を越し、正月気分も落ち着いてきた一月。

すっかり雪化粧した街の様子を、日鞠は薬膳(やくぜん)カフェの窓から眺めていた。

「今日は天気も落ち着いて、雪がきらきら綺麗(きれい)ですね」

「また雪景色の観察か。お前もよく飽きねえな」

「ふふ。孝太朗さんにとっては当たり前の冬でも、私にとっては二十一年ぶりの冬ですからね」

午前シフトを終え、薬膳(やくぜん)カフェ「おおかみ」は一時間の休憩時間に入っている。

最近では、まかないの昼食を済ませたあと、カウンター席から外の様子を眺めるのが日鞠の日課となっていた。

クリスマスイブにすっかり車道を覆い尽くした雪は、みるみるうちに家屋や図書館、駅前広場などの見慣れた景色も白銀に染めていった。

去年まで本州で経験していたのとは何もかも違う北海道の冬に困惑するのも一瞬で、日鞠はすっかりそれに魅了されていた。

「食後のお茶のおかげで随分と温まりましたし、午後の開店前に一度雪かきをしてこようかなあ」

「日中まだ一度も雪は降ってねえんだ。必要ない」

「そうですか……あ！　それじゃあ、店先に小さな雪だるまでも！」

「雪に喜ぶ犬みたいな奴だな」

雪と戯（たわむ）れたくてうずうずしている日鞠の隣に、孝太朗が呆れた様子で並ぶ。

それでも、向けられる表情はどこか優しいもので、日鞠は胸が小さく高鳴るのを感じた。

「どうした、日鞠」

「あ、ええっと。そうそう、今日はもう、一月八日なんですね……！」

苦し紛れに話題を探した日鞠は、咄嗟（とっさ）にレジ横に置かれた卓上カレンダーを指さす。

今日は一月八日。類の誕生日である一月十五日まで、あと七日だ。

「最近のお前は一日に何度も日付を確認しているな」

「はは……バレていましたか」

孝太朗の指摘どおり、クリスマスイブ以来、日鞠はカレンダーを見ては日を数える癖がついていた。しかし、それも致し方ないだろう。

なにせ来る一月十五日は、日鞠の大切な二人がようやく想いを通わせる、約束の日なのだから。

「あれ。そういえば、類さんの出勤はまだでしょうか？」

店内の時計を見ると、時刻は十四時五十五分。午後シフトの日の類なら、とっくに姿を見せている時間だ。

次の瞬間、何かを察した様子の孝太朗が、カウンター席から身体を起こした。

上着もないままカフェの戸を開け放ち、外へと飛び出していく。

「え……、孝太朗さん⁉」

その切迫した様子に、日鞠もあとを追ったが、孝太朗は店先で一度足を止めていた。

「あの馬鹿」

「類さん……⁉」

孝太朗が再び駆け出した先を目にし、日鞠は思わず声を上げる。

薬膳カフェの前から続く通りの向こうに、歩道にうずくまった類の姿があった。

「いやー、迷惑かけて本当にごめんね」

カフェの最奥の席に座らされた類は、白湯を運んできた日鞠に力なく笑った。

「俺って、この時期になると決まって体調を崩しやすくなるんだよ。毎年のお決まりみたいなものだから、あまり心配しないでね」

「無理ですよ！　心配しますよ！　当然じゃありませんか！」

なんともない様子で話す類に、日鞠は大声で反論する。

先ほど、道端で動けなくなっていた類は、孝太朗に背負われカフェに運ばれた。

類の肌は白を通り越して真っ青に染まり、額には冷や汗が流れていた。

明らかにいつもと異なるその様子に、日鞠は血の気が引く思いだった。

「少しでも回復できたみたいでよかったですけれど……今日はもう、家でゆっくり休んでくださいね」

「んー。でも俺、どのみち明日から一週間休みをもらってるからなあ。今日くらいは孝太朗にどやされずに真面目に働こうと思ってたんだけど」

「真面目じゃない自覚があるなら、少しは改善の姿勢を見せろ」

厨房から出てきた孝太朗が、眉根を寄せながらため息を吐く。

用意されたトレーの上のガラスポットの中には、様々な材料が詰め込まれた薬膳茶がゆらゆらと揺れていた。

「この茶を飲み終わったら車で送る。勤務中に倒れられるほうがよっぽど迷惑だ」

「はは。相変わらず孝太朗の正論がぐさぐさ刺さるねえ」

けたけた笑いながら、類は用意された薬膳茶をカップに注いでいく。

それは店内メニューにない、オリジナルの薬膳茶のようだった。

興味深げに眺めていると、日鞠の視線に気づいた類がくすりと笑みをこぼす。

「この薬膳茶はね、この時期に毎度体調を崩す俺を見かねて、孝太朗が作ってくれたものなんだよ」

「わあ、そうなんですか？」

ぱっと見ただけで判別できたのは、ナツメの実、クコの実、松の実、黒豆。加えて栗のスライス、白きくらげ。細かな欠片はクルミだろうか。

まるで、以前孝太朗が日鞠に作ってくれた八宝茶を思い出させる、宝箱のような薬膳茶だ。

「毎年目の前で青い顔されて、放置するわけにもいかねえだろ」

「そんなこと言って、孝太朗も随分とレシピ作りに熱心だったじゃない？　でもアレだねえ、俺の一等好物の木の実が、今回は入ってないんだねえ」

「あれは貴重な木の実だ。毎年そう易々と手に入ると思うなよ」

「はいはい。わかってますよー。悪態つきつつ孝太朗が俺のことを心配してくれてることも、ちゃんとわかってますよー」

「てめえは……」

慣れ親しんだ二人のやりとりを、日鞠は微笑ましく感じながら見つめる。

明日から類は一週間の休みを取っていた。

彼が次に薬膳カフェにやってくるのは、一月十六日。つまりは類の誕生日、有栖との約束の日の翌日だ。

——だから、それまで俺のことを待っててほしいんだ。……駄目かな？

「待っていますね」

大丈夫。

次に類が出勤するときにはきっと、二人は晴れて想いを通じ合わせているはずだ。

「私、類さんの出勤日を楽しみにしていますから」

「……うん。ありがとう、日鞠ちゃん」

願わくばそのとき、彼の幸せいっぱいの笑顔が見られますように。

心の中でつけ加えた日鞠に、類はどこか眩しそうに目を細めて頷いた。

類が一週間の休暇に入った初日。

「あらー、類くん一週間もお休みなのねえ。どこか旅行にでも行くのかしら？」

「あのイケメンの笑顔を見ていると、こっちまで若返った気になるのよねえ」

「そっかー。類さんに会えるのを励みに、今回の学力テストも頑張ったんだけどなあ」

午前と午後のシフト中、常連客は類の話題で持ちきりとなっていた。

笑顔でカフェをあとにする客を、日鞠は丁寧に見送る。

夕暮れ時に差し掛かり、燃えるような紅蓮の陽が山の向こうに沈もうとしていた。

「客足は落ち着いたな。お前もお冷やを飲んで少し休んでおけ」

「はい。ありがとうございます」

「嬉しそうな顔をしてるな」

横目でこちらを見た孝太朗にはバレていたらしい。確かに一人で丸一日ホールを回して身体はくたくただったが、日鞠の心はほかほかと温かかった。

「類さんが長期休みだとお伝えすると、決まって皆さん早く類さんに会いたいって言ってくださるんです。自分の大切な人が他の人にも大切に想ってもらえるのは、やっぱり嬉しいですよね」

「……まあ、わからなくもねえが」

孝太朗の厨房（ちゅうぼう）での作業も一段落したらしい。

カウンター越しに日鞠へお冷やを差し出した孝太朗は、そのままそっとカウンターに寄りかかった。

「孝太朗さん。類さんの今回の休暇は、類さんのご実家に関係するものなんですよね？」

二人きりになったタイミングで、日鞠は思いきって話を切り出した。

「ああ。あいつの家はこの地に根づいた事業を一手に率いている。毎年あいつの誕生日には、周囲の縁深いあやかしが集って盛大な祝いごとをするんだそうだ」

「な、なるほど。盛大な祝いごとですか」

時折感じていたことではあるが、やはり類はお金持ちの家柄らしい。

そもそもこの薬膳カフェの建物も、類の祖父から譲られた類名義の物件なのだ。改めて考えるとすごいことだ。

「でも、それならあまり心配する必要もなさそうですね。確かに類さんにとっては、そういった家のお堅い集まりは憂鬱なものかもしれませんけれど」

孝太朗が口を開こうとしたのと、カフェの扉が開くのは同時だった。

振り返った先に佇む人物に、日鞠はぱっと笑顔を見せる。

「こんにちは。座ってもよろしいですか？」

「有栖さん、いらっしゃいませ！　どうぞ、お好きな席に座ってください」

弾むような日鞠の声に、有栖は小さく微笑んだ。

コートを脱いだ今日の彼女は、モノトーンでまとめられたワンピース姿だった。ふわふわとボリュームのあるスカートには、繊細なレースがふんだんにあしらわれている。銀髪のウィッグはストレートに下ろされていて、頭には小さな黒ハットが斜めに留められていた。

相変わらず、眩しいほどの美しさだ。

見惚れそうになる自分を軽く戒めながら、日鞠はお冷やとメニュー表を持って有栖の席へ向かった。

「お冷やです。メニュー表はご覧になりますか？」

「いいえ。いつもの薬膳茶をお願いします。それから」

「はい？」

「やっぱり……類さんはしばらくお休みですよね」

静かな有栖の言葉に、日鞠は一瞬返答に窮した。

今回の休暇のことを、事前に有栖に話していると類から聞いていたからだ。

「はい……今日から一週間なので、次の出勤日は十六日です」

「そうですよね。ごめんなさい。わかっていることをわざわざお尋ねしたりして」

「いいえ、構いませんよ。謝らないでください」

話しながら、日鞠は彼女の面差し（おもざし）に微（かす）かに浮かぶ不安の色に気づく。

感情をあまり表に出さない有栖にとって、それはとても珍しいことだった。

「有栖さん……類さんと、何かありましたか……？」

「いいえ。昨日も勤務後に類さんと会ったんですが、普段と変わりありませんでした。誕生日の日に会いに来るからこの薬膳（やくぜん）カフェで待っていてほしいと、約束もしてもらいました。でも」

言葉を小さく区切ったあと、有栖は続けた。

「一瞬触れた類さんの手が、とても冷たかったんです」

表情はいくらでも変えられる。口調も、会話の内容も、佇（たたず）まいも。

それでも、指先に居座っていた氷のような冷たさだけは、いつもの彼と明らかに違っていたのだ。

「よくないですね。信じて待っていると決めたはずなのに、こんな小さなことで不安になるなんて」

「有栖さん……」

「あと六日の辛抱（しんぼう）ですから。それまでは日鞠さんとの会話と、このカフェの薬膳茶（やくぜんちゃ）に力をもらいたいと思います」

「……はい。それはもちろんです！」

ぐっと拳を握って声を張る日鞠に、有栖が嬉しそうに目を細める。

厨房からは、緑茶ベースの温かな薬膳茶の香りが漂っていた。

「今回の類の誕生日は、あいつの家にとって大きな意味を持つ」

カフェ閉店後。

二階自宅のキッチンで夕食の準備をする孝太朗が、鍋に向かいながら話し始めた。

「穂村家は代々嫡子が三十になると同時に、家長としての地位を継承する。例外として、縁故あるあやかしらの満場一致の賛成があったときに限り、先代が引き続き長を務めることが許されるらしい」

「家長としての地位、ですか」

「普段のあいつの様子を見ていると、そんな堅苦しいしきたりとは無縁に思えるだろうがな」

そのとおりだったため、テーブルに食器の準備をしていた日鞠は素直に頷いた。

現在の家長は類の祖父。本来なら類の母がその地位を継承する予定だったが、祖父をはじめとする周囲のあやかしらがそれを否決した。

それ以来、類の母は表舞台から下ろされ、類が次期家長となるべく祖父のもとで育てられたのだという。

「そうだったんですか……類さんに、そんな事情が」

「今回の誕生日は、類が穂村家の家長の地位を継承する日でもある。そしてこれを機に、類のじいさんはあれこれ画策しているらしい」

「か、画策？」

「じいさんはもともと、あいつがこの薬膳カフェで働くことに反対していた。昔から、山神の地位を継いだ俺のことを疎んじていたからな」

「えっ」

思いがけない話に、日鞠は目を見張った。

「俺が山神の地位を継ぐことに不満を持つ者は、昔から一定数いた。あちらさんからすれば知識も乏しい若輩者の突然の台頭だ。色々と思うところもあっただろう」

それ自体特段気に留めない様子で、孝太朗は続ける。

「あいつは、薬膳カフェの店員と家業の後継者の、二足のわらじを履いてきた。それでも、優秀なあいつはある程度の結果を残してきたらしいが、じいさんとしては今回を機に、穂村家の家業に専念させたいんだろうな」

「家業に専念、ですか」

「太喜から入った情報によると、想定以上にややこしい手段を使ってくるかもしれない。恐らく十五日は、ただの祝いの席で終わりはしないだろうな」

類の置かれている状況は、日鞠の想像以上に複雑なものだったらしい。

日鞠にとって彼は、少し困ったところもあるけれど、愛嬌たっぷりで、他人のことを第一に考えることができる、優しくてかけがえのない友人だ。

幸せになってほしい。自身で選んだ未来の中で。

「類さん、大丈夫ですよね」

困惑と不安がごちゃ混ぜになり、紡いだ声が小さく震える。

「類さん……きっと大丈夫ですよね。十六日にはまたいつものように、笑顔でカフェに来てくれますよね」

「十六日だけじゃねえ。あいつのシフトは、それ以降もあるだろ」

カチ、とコンロの火を消す音がする。

孝太朗の手のひらが、ふわりと日鞠の頭を優しく撫でた。

「それを無断で破るような奴と、このカフェをやってきたつもりはない」

「孝太朗さん……」

「何より、あいつは約束したんだろう。誕生日の日にこのカフェで有栖さんと会うと」

孝太朗が紡いでいく言葉が、不安に揺れる日鞠の心をそっとほどいていく。

「穂村家の内情はあいつが一番よく知っている。余計な心配は必要ねえよ」

「はい。そうですよね」

すん、と小さく鼻を鳴らした日鞠は、ぐっと泣くのを我慢した。

孝太朗と類が過ごしてきた時間は、日鞠のそれよりもずっと長い。その孝太朗が心配ないというのだ。大丈夫。大丈夫だ。

「料理の手を止めさせてしまってすみませんでした。今日も美味しそうな香りですね」

「俺が作ったからな」

「ふふ。そうですね」

今度類と再会するときには、孝太朗の料理を囲みながらゆっくり話ができたらいいなと思う。

それこそ、有栖や他のあやかしたちも、一緒に集うことができたら素敵じゃないだろうか──

「……あっ！」

キッチンに流れる穏やかな空気を、日鞠の声が切り裂く。

「孝太朗さん！　私、大切なことを忘れていました……！」

目を丸くしてこちらを見下ろす孝太朗に、日鞠はすっかり失念していた『あること』について話し出した。

「わあ、今日もお手紙のお返事がたくさん来ていますね」

三日後の昼休憩。

郵便受けに届いていた数通の手紙に、日鞠は顔を綻（ほころ）ばせた。

「急なお手紙だったので少し心配でしたけれど、皆さん温かいお答えばかりで安心しました」

三日前の夜、唐突に思いついた『あること』。

それを実現するために、日鞠は早急に知り合いのあやかしたちに手紙を送ることにした。

過不足のない文面と、相手を想って描いた彩り豊かなイラストを添えた手紙。

決して少なくない枚数を書き終えた頃には、日鞠の右手はビリビリと痺れていた。

通常の郵便では届かない彼らの棲み家への配送は、徒歩圏内は豆腐小僧の豆太郎が、遠方はシマエナガのしーちゃんが快く引き受けてくれた。

相手からの返送も引き受けてくれた二人には、本当に感謝してもしきれない。

「今日は十二日ですから、当日までの準備には少し余裕がありますね」

「とはいえ、日中に割ける時間は限られている。俺は料理関係を進めるから、お前は他の準備を頼んだ」

「もちろんです。類さんの好きな食べ物は、孝太朗さんが一番よく知っていますもんね」

「不本意ながらな」

そう言いつつも、昼のまかないを早々に食べ終えた孝太朗は、さっそく広げたノートに様々な料理の案を書き出していく。

それはまるで長年培われた幼馴染み(おさななじ)への想いを書き出しているようで、日鞠は作業中静かにその様子を見守っていた。

「……え?」

厨房(ちゅうぼう)での食器洗いを終え、日鞠も再びホールに戻ろうとしたときだった。

ふと歩みを止めた日鞠は、扉のほうに視線を向け小さく首を傾(かし)げる。

「日鞠。どうした」

「あ、いいえ。今……扉の向こうから、誰かに呼ばれたような気がして……」

今の時間帯は扉の向こうにCLOSEの札がかかっているため、人間の客は来ない。あるとすれば人ならざる客。つまり、あやかしの来客だ。

もしかしたら、豆ちゃんかしーちゃんが直接手紙を渡しに来てくれたのかもしれない。

そう思いカフェの扉を開くと、冬の寒気が吹きつけてきて、日鞠は思わず目を瞑った。

「あ……」

そっとまぶたを開くと、扉の前には見覚えのある者が佇んでいた。

竹筒にひゅるりと入ってしまいそうな白く細長い身体。

小さな三角耳と、黒いつぶらな瞳。

首元に黒色の紐で鈴が結わえられたその姿は間違いない。

以前買い出し帰りに出くわした、あの管狐だ。

「いらっしゃいませ。お客さまですか？」

「……」

笑顔で迎え入れようとした日鞠だったが、管狐はその場に浮遊したまま動こうとしない。

そのとき、急に肩を掴まれたかと思うと、日鞠の身体が後方に引っ張られた。

入れ替わるように前に進み出たのは、孝太朗だ。

「穂村家の遣いの者か」

え、という言葉は、音にならず日鞠の喉に引っかかった。

類がいつも指の輪から生み出す管狐と似てはいるが、やはり別のあやかしだ。改めてじっくり見てみると、顔立ちも雰囲気も違っている。

管狐はほんの僅かに頭を垂れたあと、くるりと扉の前で旋回した。その中心から白い長方形の何かが現れ、孝太朗の手元にひらりと舞い落ちてくる。

それは装飾のない、一通の手紙だった。

「用件はここに記されている、ということか」

管狐は答えない。

それはまるで、そうせよと誰かに言いつけられているかのようだった。

「確かに受領した。お前らとて寒さを感じないわけではない。身を凍らせる前に主のもとへ戻れ」

孝太朗の言葉に再び管狐は小さく頭を下げ、姿を消す。

今のやりとりの意味がうまく汲みとれなかった日鞠は、孝太朗の背の後ろからそっと顔を出した。

「孝太朗さん。今の管狐は？」

「穂村家に代々仕えている管狐だ。とはいえ、類の奴がいつも連れている者とは、仕える者が違う」

話しながら、孝太朗は手にしていた白い封筒から便せんを取り出した。

開かれた便せんには、毛筆で書かれた流れるような文字が刻まれている。

「『穂村家家長就任の儀のご案内』……孝太朗さん、これって……!?」

それは、思いもよらないものだった。

内容は、一月十五日、つまり類の誕生日に穂村宅で開かれる家長就任の儀に、ぜひとも孝太朗と日鞠にも参加願いたいというものだった。

そして最後に書き記された名に、日鞠は目を瞬かせる。

「『穂村菊蔵』、というのは」

「類のじいさんの名だな」

返ってきた孝太朗の答えに、日鞠は心臓をドキリとさせる。

類の祖父。

穂村家の家長として、長年にわたり力を有してきた人物。

自身の娘である類の母親を家長候補から降ろし、類を引き取り育ててきた人物。

そして何より、孝太朗が山神になることと、類がこの薬膳カフェに勤めることを当初から快く思っていなかったという人物だ。

そんな人物が、いったいなぜ薬膳カフェの関係者である自分たちを祝いの席に呼ぶのだろう。

「きな臭えが、穂村家現当主からの正式なお達しだ。放置はできねえな」

「……」

「日鞠。お前は念のためここに残って」

「行きます！」

かぶせるように口にした日鞠の言葉に、孝太朗は驚いた様子でこちらを振り向いた。

「こんな機会はきっとそうありません。もしも類さんのおじいさんが本当に、類さんに薬膳カフェを辞めさせたいとお思いなら、とことん話し合ってみましょうよ。どの選択をすることが、類さんの幸せに繋がるのかを……！」

「……おお」

「あ、でも。万一類さんが薬膳カフェを辞めると決めたとしても、有栖さんと会う時間は確保してほしいです。できれば薬膳カフェに顔を出す時間も。類さんの家業がどれだけ忙しいのかはわかりませんが、まったく会えなくなるのは寂しすぎますから」

「……」

「あ！　類さんの家は、由緒正しい家柄なんですよね。こういった儀式には、やっぱり正装で行くべきなんでしょうか。どんなものがいいんでしょう……類さんに恥をかかせないように、こちらもきちんと準備を整えて出陣しないとっ」

「……くくっ」

短い返答を繰り返していた孝太朗が、何か堪えきれないといった様子で笑みをこぼした。

なかなか珍しい孝太朗の反応に、日鞠は目を見張る。

「出陣か。まるで戦だな」

「そ、そういうわけじゃ。私はただ、類さんの心を無視してほしくなくてっ」

「同感だな」

慌てて言葉を紡ぐ日鞠の頭を、孝太朗の手がくしゃりと撫でつけた。

「堅い場は俺も好かねえが、腐れ縁もここまで続けば上等だ。あいつの家事情にも付き合ってやるか」

「は、はい……！」

見上げた先の孝太朗が、目元をそっと和らげる。

思いがけず目にした孝太朗の優しい表情に、日鞠は密かに胸を高鳴らせた。

そのときだった。

「こんにちは。日鞠さん、孝太朗さん」

少し急いた口調とともに、カフェの扉がかちゃりと開いた。

管狐ではない。

見覚えのある人間の客人だ。

「まだ外の札が変わっていないのにすみません。お二人に少しご相談したいことがあるんですが……」

「あっ」

「あっ」

いつの間にか、時刻は薬膳(やくぜん)カフェの午後オープン五分前を迎えている。

来店した有栖の手に握られていたのは、孝太朗の手にあるそれとまったく同じ招待状だった。

タクシーが停車した先には、見たことのない規模の和風の邸宅があった。

大きい。ちょっと信じられないくらいに大きい。

個人宅でこんなに大きな建物を日鞠は見たことがない。家屋の前に立ち塞がる門は重厚な雰囲気をまとい、囲われた塀の上からは細やかな手入れがされているであろう木々が見えていた。

例えるならば、有名温泉街の旅館のような豪邸だ。

「すごい……」

思わず呟く日鞠が着ているのは、花柄のレースがあしらわれたラベンダー色の膝丈ワンピースだった。

実はこのワンピースは、今日の日のための服装に悩む日鞠宛に、橋姫の凜姫から贈られたものだ。届けてくれた豆太郎によると、橋姫は着物だけでなく、異国生まれの華やかな衣装も収集しているのだという。

「ここが類さんのおうちですか。とても立派ですね」

隣に立った有栖も、感心したように言う。

日鞠よりも上背のある有栖は、藍色のミモレ丈ワンピースを優雅にまとっていた。

いつにも増して気品を漂わせている彼女は、やはり眩しいほどに美しい。

「類の奴が生まれてからずっと住んでいる家だ。仕える手伝いの者は多数いるが、今この家に暮らすのはあいつとそのじいさんの二人になっている」

目の前に立ち塞がる門に、孝太朗はどこか辟易とした表情を浮かべた。

そんな孝太朗は今、黒のスーツをさらりと着こなし、首元にはシンプルなネクタイを結んでいる。

初めて目にする孝太朗のスーツ姿は、何度視界に入れてもドキドキしてしまう。

「どうした、日鞠」

「あ、いいえ。なんでもありません……！」

「そろそろ行くぞ。時間も迫っている」

大きめの鞄を抱えた孝太朗は、懐に入れていた招待状を手に歩みを進めた。

焦げ茶の木でできた厳かな門。その周囲には、関係者らしき者の姿は見えなかった。インターホンで伝えれば、中に入れてもらえるのだろうか。

「家の主に呼ばれて参った。お通しを」

「孝太朗さん？　あ……」

正門に向かって言葉を放つ孝太朗に驚いた日鞠だったが、そのあと起こった事象にさらに目を丸くした。

立ち塞がっていた門は、その色を徐々に変えていったかと思うと、まるで始めから門などなかったかのように溶けて消えてしまった。

その向こうにはすでに来客の姿がちらほらと見受けられ、道の先には穂村家の邸宅がある。

「幻術ですか……さすが穂村家」

「ああ。行くぞ、二人とも」

孝太朗のあとに続いた日鞠も招待状を手にした有栖も、無事に敷地内に入ることができた。

じゃり、と孝太朗が道の敷石を踏んだ瞬間、来客たちが一斉にこちらを振り返る。

その来客の半数近くの背には、黄金色の尻尾がふんわりと揺れていた。

「あれは」

「山神さまじゃ」

「どうして山神さまではないか」

「どうして山神さまが、此度の儀式に？」

突如ざわつく彼らを気に留める様子もなく、孝太朗は邸宅を目指し進んでいく。

「日鞠、有栖さん。敷地内では俺から離れないように」

「はい。わかりました」

「あの、先ほどから皆さんが口にしている『ヤマガミサマ』というのは？」

「俺の家系が代々継いでいる、字のようなものです」

もっともな有栖からの質問に、孝太朗がさらりと説明する。

間違ってはいないその回答に、日鞠は密かに苦笑をこぼした。

「なるほど。ここにいらっしゃるのは全員、あやかしの血を継ぐ、穂村家と縁の深い方々というわけですね」

通された部屋は、庭園を贅沢に眺めることのできる広い和室だった。

前方には煌びやかな屛風が立てられ、辺りには豪華絢爛な花輪が飾られている。

畳の上に数え切れないほどの座布団が並べられている中、三人に用意されたのは最後尾の角の席だった。

並んだ三枚の座布団には他の座布団にはない金糸の刺繍が施されており、基調となる色も大きく異なっている。

「この座布団に座ることで、周囲の視線を逸らす術でも施されているんだろう」

「なるほど、私たちがこの場にいることを、他の人たちに知られないようにするためですね」

特に孝太朗は、先ほど屋敷までの道を歩いただけでもあやかしたちの注目を浴びていた。

こういった会合で妙な騒ぎを起こさないためにも、必要な処置なのかもしれない。

「それだけならいいがな」

「え？」

「いや、いい」

短く首を振った孝太朗が少し気になった日鞠だが、逆隣から感じた小さな感嘆の息にぱっと振り返った。

「有栖さん？　どうかしましたか」

「あ……、すみません。先ほどから部屋にいらっしゃる方々に、少し感動していました」

そう話す有栖の瞳は、きらきらと輝いて見える。

「今入ってこられた方の後ろについているのは、狐の尻尾……ですよね？　すごい。素敵です。とてもとても、興味深いです……！」

有栖が小声で示した者には、確かに狐の尾が揺れている。

確認してみると集結したあやかしのうち、人間に近い者はもとより、狐に近い姿の者であっても半数ほどは有栖の目にも見えていることがわかった。

もしかすると薬膳カフェの面々と交流を深めてきたことが、彼女の視る力を静かに呼び起こしたのかもしれない。

もとより知的好奇心が強いほうなのだろう。先入観のない純粋な反応に、日鞠は心がじんわりと温かくなるのを感じた。

「ここにはまだ、私に見えないあやかしの方々もたくさんいらっしゃるんですね。私もいつか、あやかしの方々と触れ合ったりお話ができるようになれたらいいんですが……」

「そうですね。きっとその案内役は、類さんが喜んで引き受けてくれますよ」

「はい。そうですね」

ふふ、と互いに笑みを浮かべる。

すると次の瞬間、大広間の招待客たちが一斉に声を潜めたのがわかった。

「孝太朗さん、これは」

「始まったな」

静かに告げられた孝太朗の言葉に、日鞠の心臓が大きく音を鳴らした。

よかった。これでようやく、類の無事な姿を目にすることができる。

日鞠が全方位に意識を向けていると、大広間前方のふすまがすっと開いた。

類ではない。現れたのは、背の高い和装の老人だった。

ロマンスグレーの整えられた品のいい髪と、切れ長な瞳。

肌には年齢を告げるしわが刻まれているが、端整な顔立ちは若くから女性を魅了してきただろうことが窺えた。

老紳士は金屏風の前に用意された舞台に立つと、ゆっくりと礼をする。

そして持ち上げられた面差しは、類のそれとよく似ていた。

「穂村家家長の穂村菊蔵でございます。ご多忙の中お越しいただいた皆さまに、深く感謝いたします」

あの人物が、類の祖父か。

大広間には妙な静寂が満ちている。その静けさは、目の前に立つ一人の老人が持つ大きな権力の証明に思えた。

「本日、穂村家の次期家長である我が愚孫、類が三十の年を迎えました。日頃お世話になっております皆さまから、ぜひともお祝いの言葉をいただければと思います」

菊蔵がそう言うと、再びふすまが開く。

そして静かに姿を見せた人物に、来客たちは一瞬で釘づけになった。

類さん。

日鞠の隣から、吐息のような声が聞こえた。

金屏風の前を悠然と歩く類は、薄紫色の着物に濃紺色の袴をまとい、その上から薄灰色の羽織を羽織っている。どれも一目見て高級品だとわかるが、何より類の佇(たたず)まいが、より高貴な印象を与えていた。

冷静に前を見据(みす)える彼の面差(おもざ)しは、いつも薬膳(やくぜん)カフェで見る感情豊かなそれとは違う。

しかし、それがかえって彼の気高さを引き立てている気さえした。

舞台中央に至った類は、真正面を向きゆっくりとまぶたを開く。

眩(まばゆ)い彼の出で立ちに、感嘆の吐息と小さな歓声があちこちから漏(も)れ出ていた。

当然ながら、あやかし界隈でも類の美貌は通用するものらしい。

少し切れ長で色彩の薄い類の瞳(ひとみ)。

その瞳に果たして有栖の姿は映っているのだろうか。

日鞠は焦燥感を抑えるように、膝の上でぎゅっと両手を握った。

「皆さまもご承知のとおり、我が穂村家は嫡子の齢が三十になれば、家長の座を引き継ぐ習わしとなっております。訳あって今はこの私がその任を継続しておりますが、ここにいる類は今までの功績や生来の妖力からも、私の跡継ぎとして申し分ない逸材と考えております」

引き続き来客たちに語りかける菊蔵に対し、隣に立つ類は口を開くことはない。

麗しい見目の祖父と孫の間には、不自然なほどの緊張感が流れていた。

「さて、このたびの家長就任に併せまして、突然ではございますが皆さまに重大なご報告がございます」

「……」

重大な報告?

不穏な予感がした日鞠は、小さく眉をひそめる。

次の瞬間、前方で演説している老紳士の目が、真っ直ぐこちらを射貫いた気がした。

ぞくり、と冷たいものが日鞠の背筋を駆け抜ける。

「実は此度、稲尾家のご令嬢と、我が孫類の婚約が決まりました。ついてはこの場の皆さまに、ぜひとも二人の婚約を寿いでいただきたい」

「……え？」

無意識にこぼれた日鞠の声は、周囲から聞き咎められることはなかった。

三度開いたふすまから、日鞠たちと同世代に見える女性と、その父親らしき初老の男性が姿を現した。

まるで花嫁衣装のように豪奢な着物に身を包み、女性は無言のまま類の隣に立つ。

「稲尾家といえば、この辺りでは屈指の有力者であらせられるぞ」

「そのような方との縁を結ばれるとは、さすが菊蔵どのじゃ」

「これで穂村家の未来はますます安泰というわけですな！」

嬉々として飛び交う言葉に、日鞠は無意識に肩を強張らせる。

なんで。どうして。こんなこと。

これは、騙し討ちの政略結婚だ。

「類。これからの穂村家はお主が長として導くのだ。当然その家業に専念し、お主を支える素晴らしい女性を迎える必要がある」

舞台に立つ老紳士は隣を向き、孫の顔を真っ直ぐに見据える。

「わかっているだろうが、今後はあの街中の茶屋でいたずらに時間を浪費する暇などない。人間との交流などという無益なものも、金輪際絶つことだ」

のだ。

「私の言うことがわかるな？　類」

「……」

紡がれていく言葉は、やまびこのように日鞠の耳に何度も響いた。

同時に、日鞠たち三人がこの場に呼ばれた理由をようやく理解する。

類の祖父菊蔵は、この祝いの場をもって、類と自分たちの繋がりを完全に絶つつもりなのだ。

薬膳カフェで育んだ友情も親愛も恋情も、日鞠たちの目の前ですべてを捨てさせる。

それが菊蔵の導き出した最適解ということか。

有栖のほうを向こうとするが、できない。

見なくてもわかる。有栖の身体は、目の前の光景にひどく強張っていた。

居てもたってもいられず、日鞠は咄嗟に座布団から腰を上げようとする。しかし、それを止めたのは、隣に座る孝太朗だった。

「座っていろ」

「孝太朗さん、でも、このままじゃ類さんが……！」

「大丈夫だ」

じっと前方を見据えたまま、孝太朗が静かに告げる。

その眼差しの中には、確固たる信頼の色が見て取れた。

「類。お前の返答を、ここに集まった皆さんが待っておられる」

「……」

「類」

「……十」

この場に現れて、初めて発せられた類の言葉だった。

まぶたを下ろし、類の唇は規則正しく数字を唱えていく。

「九、八、七、六」

「……類。なんのつもりだ」

「五、四、三、二、一……、ゼロ」

類のまぶたが開かれ、日鞠ははっと息を呑む。

気のせいだろうか。

今、ほんの一瞬だけ、白く眩い光が走ったのを感じた。

「……確かに、じいちゃんの連れてきたお相手なら間違いないね。長年穂村家の繁栄のために尽力してきた、じいちゃんのお眼鏡にかなった女性なんだから」

「ああ。そのとおりだ」

「稲尾家のご令嬢どの」

隣の女性のほうへ、類が向き直る。

「よろしければその名を教えていただけますか」

「……小百合と申します」

「小百合さん」

女性の名を呼んだ類は、その場に膝を突き地面に額がつくほどに頭を下げる。

穂村家の若頭が突然土下座したことに、少し間を置いて周囲が大きくどよめいた。

「大変申し訳ございません。このたびの婚約の話は、謹んでご辞退申し上げます。すべては私の個人的な事情によるもの。あなた自身に落ち度はひとつもございません。小百合さんのお父上も、その点はくれぐれもご理解いただきたく存じます」

「る、類お坊ちゃん、どうぞ頭をお上げください……！」

婚約者の父親らしき男性が、顔を青くしながら類に呼びかける。

婚約を破棄された事実への驚愕よりも、穂村家次期家長に土下座をされている現状への畏怖によるもののように見えた。

ゆっくり顔を上げた類が、改めて婚約者の女性に視線を向ける。

「私の手であなたを幸せにすることはできません。ですからどうかあなたも、ここにはない別の幸せを見つけていただきたい。真に心を通わせた――あなたの大切な方とともに」

「っ、類さま……」

声を漏らした婚約者は、類の言葉に口元を両手で押さえた。

その瞳には先ほどまでなかった光が、僅かに揺れている。

もしかしたら彼女にもまた、他に密かに恋する存在があったのかもしれない。

「皆さま」

立ち上がった類は、大広間にひしめく来客たちに向かって声を上げた。

「幼い頃から私は、穂村家という家を第一に生きてきました。それが自分のお役目なのだと信じて疑いませんでした。たとえどんな汚い手を使っても、それが穂村家のためになるのだからと」

不穏な言葉も聞こえたが、隣に立つ菊蔵のまぶたは静かに下ろされたままだ。

「しかしこれからは、自分自身で判断し、一族とそれを支援してくださる皆さまを支えていく所存です。この若輩の言葉に不安を覚える方もいらっしゃることは、重々承知しております。信ずるに値するか否かは、今後の私の姿を見ていただきご判断願いたく存じます」

類の言葉は、大広間の奥の席にいる日鞠たちのもとにも明瞭に届いた。

狐の本業は化けること。

いつかそう告げた彼だが、今の言葉は本心からのものに違いない。

強い覚悟と決意が乗せられた言葉に、周囲からは感嘆の声が漏れた。

隣に座する有栖へと視線を向ける。彼女もまた、口元を手で覆いながら類の姿を見守っている。

そっと孝太朗のほうに向き直った日鞠は、互いに視線を交わし小さく微笑み合った。

「よくぞここまで成長したな。類よ」

一時温かな祝福の空気に包まれた大広間に、冷静な声が投げられる。

和睦を期待して視線を戻した日鞠だったが、老人の視線の冷たさにはっと息を呑んだ。

「幼き頃から、お主は私の言いつけを忠実に守る犬も同然だった。それが三十を迎えたこのときをもって牙を剥くとは」

「母さんにそっくりだ。そう言いたいんでしょう、じいちゃん」

「そんな口も利くようになったか。この私に」

類と真正面から対峙した老人の声が、一層低くなる。

次の瞬間、辺りを取りまく空気が重く、淀んでいくのがわかった。

「少し放任が過ぎたのかもしれぬな」

「あ……っ」

目の前で起こった大きな変異に、日鞠は思わず声を漏らす。

気づけば老人の瞳は深い金に光り、頭には二つの三角耳が生えていた。

まとう着物はみるみる丈が長くなり、その表面にはまるで呪文のような複雑な模様が浮かび上がる。

背後に大きく伸びた長い狐の尾は、別の生き物のように不気味に揺れていた。

狐の尾は――三本。

以前類が妖力を解放した姿を、日鞠は一瞬だけ見たことがある。

あのとき目にした類の尾は、確か二本だった。単純に尾の数を妖力の目安とするならば、この老人は類よりも力が上ということになる。

「私の言うとおりに生きることが、穂村家にとっての最善。そのことは賢いお主なら当然理解しているはずであろう」

「穂村家にとって、か。じいちゃんにとっての間違いじゃないかな」

「お主が人間の女子に執心していることは知っている」

有栖のことか。

日鞠は咄嗟に、有栖の手をきゅっと握る。

すっかり冷え切っている細い指先が、小さく握り返してくるのを微かに感じた。

「気づいてたんだね。最近じいちゃんに仕える管狐が、やたら辺りを飛び回ってるとは思ってたけれど」

「お主の奔放な異性関係にはこれまでも目を瞑ってきた。いたずらに女子との戯れを重ねても、それが半年と続くことがないことを知っていたからだ」

「……」

「此度の女子、お主にしては随分と陥落させるのに手間取った様子。さて、果たしていつまで楽しむつもりかな」

「やめろ」

類の低い声に、息を潜めていた来客たちが大きく肩を揺らす。

その瞳には、今まで見たことのない燃えるような怒りが宿っていた。

「ふっ。確かにこのような場でする話にしては、少々無粋であったな」

口元ににたりと笑みを浮かべた菊蔵は、大広間の奥の、日鞠たちが座する方向へ視線を向ける。

今の話はわざと聞かせたのだ。わざと、有栖の心を傷つけるために。

「それにしても後継者の育成というのはままならぬものだな。一度ならず二度までも失敗するとは思わなんだ」

失敗。躊躇なく吐き出された残酷な言葉に、日鞠の心臓がどくんと嫌な音を立てる。

「お主には生まれながらの妖力の強さがあった。だから今日まで次期後継者として目をかけてきたが、私も耄碌したものよ」

類の口から反論はない。

どくん、どくん。

やけにはっきり聞こえる胸の鼓動とともに、苦いものが喉を上がってくる心地がする。

手先が怒りに震えるのは、生まれて初めてだった。

「血は争えん。お主も所詮は、あの出来損ないの母親の子ということだな」

「やめてください」

繋いでいた手は、いつの間にか解かれていた。

金糸の刺繍が施された座布団から立ち上がったその人の声は、凛とした響きとともに大広間に伝わっていく。

最前に立つ類の瞳が、一際大きく見開かれた。

「類さんのことも……類さんのお母さまのことも。悪く言うのはやめてください」

「……有栖、ちゃん……？」

「はい。お邪魔しています、類さん」

一歩進み出た有栖の姿に、大広間に集まった一同は大きくざわめいた。

座布団から完全に立ち上がったことで、彼女の姿は来客のあやかしたちにも完全に視認できるようになったらしい。

突然の人間の美女の出現に、辺りからは戸惑いと恍惚の視線が集まった。

「菊蔵さま」

「何かな。人間のお嬢さん」

「あなたさまは、穂村家のことを愛しているのですね」

大広間の最奥から、真っ直ぐ投げかけられた言葉だった。

「そんなあなたさまならば、類さんを思い異性関係に苦言を呈するのは、私にもある程度理解できます。類さんの家長としての地盤を固めるために、添い遂げるに相応しいお相手を探されたお気持ちも」

「これはこれは。お嬢さんは実に聡明な方のようだ」

「ですが……そのように冷たく囲われた鳥かごのような家で、幸せに暮らせる人はいったい何人いらっしゃるんでしょうか」

有栖の言葉に、菊蔵の目が僅かに見開いた。

「不躾な発言とは重々承知しております。しかし、このままお孫さまが菊蔵さまの言うままに首を縦に振ることが穂村家の幸せに繋がると、心からそうお思いですか」

「……」

妖気の渦は、いまだに室内に吹き荒れている。

それなのに有栖が伝える言葉のひとつひとつは、そんな渦にも揺るがない、一筋の清涼な風のようだった。

周囲の客人たちは彼女の発言を非難することも忘れ、舞台上の人物へと視線を向ける。

次に菊蔵の顔に宿ったのは、先ほどよりもさらに冷たい不敵な微笑みだった。

「なるほど。こうして話してみることでわかりました。確かに素晴らしいお嬢さんだ。類が執着した理由も理解できますな」

「……」

「しかしながら……今この場で部外者の意見に耳を貸すつもりはありません。どうぞご退出を」

「っ、やめろじいちゃん！」

菊蔵の言葉とともに、虚空から複数の管狐たちが現れる。

黒紐で鈴が結われた菊蔵おつきの管狐たちが、一斉に有栖に向かって飛んできた。

「止まりなさい！」

張り上げた声に、すぐそばまで迫っていた管狐の大群がぴたりと動きを止めた。

有栖を庇うように立ち塞がった日鞠は、管狐たちと対峙したのち、その後方に佇む菊蔵に鋭い目を向ける。

「本当に出ていく必要があるのなら、自分たちの足で出ていきます。無遠慮に、有栖さんに触れることは許しません……！」

日鞠の厳しい表情に、管狐たちはたじろいだように辺りを浮遊する。

周囲のあやかしたちはといえば、またも現れた人間の姿に再びどよめいていた。

金糸の座布団から離れたせいか、先ほどより何倍も強く菊蔵の放つ妖力がぶつかってくるのがわかる。

それでも怯まない。絶対に。

こんな状況でも臆せず類のために声を上げた、有栖のためにも。

「菊蔵殿」

その呼びかけにより、混沌としていた大広間が一瞬にして静寂に包まれる。

次の瞬間、日鞠の視界を遮ったのは、孝太朗の広い背中だった。

「この女性は貴殿自身が招待された客人だ。そうでなくとも、今の彼女の発言は追い出されるほど無礼ではない」

「孝太朗さん……！」

「俺の後ろから動くな。妖気に当てられる」

小さく囁かれた言葉に、日鞠は素直に頷(うなず)く。

庇(かば)ってくれたその背中の頼もしさに、日鞠は胸がじんと温かくなるのを感じた。

「や、山神さまじゃ！」

「山神さま」

「どうしてこのような会合に、山神さまが？」

「先ほど山神さまをお見かけしたという噂は、真(まこと)であったのかっ」

突然の山神の登場に、来客のあやかしたちはまたも大きくざわつき始める。

そんな中、舞台上では類が、新たに現れた二人の姿に目を大きく剥いていた。

「孝太朗、日鞠ちゃん……！」

「親しき友人方がいらっしゃって、嬉しいか。類よ」

まるで揶揄(やゆ)するような問いかけに、類は再び菊蔵に厳しい視線を向ける。

しかし菊蔵の目は、孝太朗へ真っ直ぐ向けられていた。

「我らが気高き山神さま。まさかあなたさままでそのように仰るとは、まったく予想外でしたな。穂村家の今後を、静かに見守ってくださるものと思っておりました」

老紳士の口から紡がれる言葉に、日鞠はきゅっと口元を締める。

山神の地位を継承した孝太朗を、菊蔵が快く思っていないことはすでに耳にしていたが、どうやら嘘でも誇張でもない。

丁寧な言葉の裏には、孝太朗に対する隠し切れない敵意が滲んでいた。

「まったく難儀なことよ。同じ轍は踏まぬようにと心に刻んだはずが、ふたを開ければこの有様。思えば歯車が狂い出したのは、そう。二十一年前……類とあなたさまを出逢わせてしまった、あの日からでしょうなあ」

菊蔵の言葉に、孝太朗が小さく眉をひそめる。

そのとき、菊蔵の傍らに佇む類の瞳が、ほんの僅かに揺れたのがわかった。

「それからも、少しずつ小さな綻びが生じていた。孫が学内で貴殿に接触した日。大学まで同じ進学先と定めた日。孫に継がせた土地で店を構えると告げられた日もそうでしたな」

「……」

「気づけば忠実な穂村家の者であった孫は、徐々に貴殿に傾倒していった。その結果がこれだ。どうやらその影響力は、私の想像を遙かに超えていたらしい。まさかここまで貴殿の真似事をするとは」

「何が仰りたい」

「私のような古い思考の者には到底理解が及びませぬ。わざわざ種の異なる、人間の女子(おなご)をそばに置くなど！」

明瞭に告げられたその言葉に、大広間が一斉にどよめいた。

大きな声こそ少ないまでも、ひとりひとりに動揺が走ったことは嫌でも感じ取れた。

「確かに昔とは事情も違いましょう。現代となっては、人とあやかしが契りを結ぶことも珍しくはなくなりました。それでも、あなたさまのような身分の御方ならば話は別。そのことは山神さまもよくよくご存じのはず」

老人はにたりと口元を歪める。

「聡明な山神さまならば一度は考えたこともございましょう。己があやかし、いやせめて山神でなければ、この娘に背負わせずに済む苦労があったであろうと。己の責務。護るべき土地。後継問題。その問題も、相手が同じ種族であればすべて生じなかったもの」

「……」

「それならばいっそのこと今からでも、貴殿の山神の力を然るべき者に手放すという選択もあるのでは――そのような意見も方々から耳にいたしますが、貴殿のお考えをぜひとも伺いたいものですな」

「何か、誤解をされているようですね」

静かな、それでも凛と強い言葉が、大広間に投じられた。

菊蔵はもちろん、孝太朗の視線も日鞠のほうを向く。

柔らかな笑みを浮かべ、日鞠は口を開いた。

「私は、今の孝太朗さんを好きになったんです。無愛想でお人好しであやかしたちから好かれていて……山神として日々生きている。そんな、ありのままの孝太朗さんを」

確かに、孝太朗が人間ならば背負うことのなかった悩みもあるだろう。

いつか、前に進めなくなる日も来るかもしれない。

しかし日鞠にとっては、そんなことは問題ではないのだ。

「孝太朗さんが人間だったらよかったなんて、私は思いません。今までも、これからもです」

「日鞠」

こちらを振り返る孝太朗と目が合い、日鞠がそっとはにかむ。

「誰かを大切に想う気持ちに、人間とあやかしの区別なんてありません。それは、類さんと有栖さんも、きっと同じだろうと思います」

「日鞠さん……」

「じいちゃん」

有栖の小さな囁きを守るように、類の声が響き渡る。

孫に呼ばれた菊蔵はそちらを横目で見たあと、大きく息を呑んだ。

「これは忠告だ。俺の大切な人たちを、これ以上侮辱することは許さない」

「……！」

ゆっくり念を押すように告げる類を見て、菊蔵は驚愕の表情を浮かべたまま動かなかった。

その菊蔵の様子に、周囲のあやかしたちが顔を見合わせ困惑する。

そんな中で、日鞠は何度も目を擦っていた。

類の姿に重なって、誰か別の人物の姿が浮かんでいるように見える。

まるで蜃気楼の中にいるような、端整な顔立ちの誰か。

辺りを照らす、金色の光。

頭には金色に輝く三角耳が二つ。

朝陽を思わせる、白と金の刺繍が施された着物姿だ。

腰までの長さがある明るい茶色の髪は、赤い綱紐で緩く結われている。

背中にゆったりと舞う尾は五本。黄金色に輝く、美しい毛並みだった。

「お前にも見えるか」

「孝太朗さん」

耳元で、小さく声がかけられる。

「穂村家の者にとって三十歳の誕生日は大きな節目。年を重ねるごとに大きくなっていた妖力の器が、比較にならないほどに成長する。あの着物姿のあやかしは——今持つ妖力を覚醒させたときの、あいつの姿だ」

その姿は、ごく一部の限られた者にしか見えていない。

孝太朗と日鞠。そして恐らく、目の前で対峙する祖父菊蔵だけだ。

「あいつはさっきカウントダウンをした。あれがあいつの生まれた時刻。真実三十歳を迎えた瞬間だった」

「で、でも。それなら類さんはどうして、あのあやかしの姿にならないんでしょう」

「目の前には多くの来客がいる。あの力を見せたら最後、じいさんの権威は容易く失墜する。少なくともじいさん本人はそう考える」

「あ……」

尾の本数だけ見ても、今の類の妖力が菊蔵を上回っていることは明白だ。

それをわざわざ表立って見せない理由は、自分の祖父の尊厳を守るためということか。

渦中にいる菊蔵は、類と視線を合わせたまま微動だにしない。

しかし、先ほどまで菊蔵が出していた狐の耳や三本の尾、辺りを取り巻いていた寒々しい妖気の渦は、いつの間にか消えていた。

　それほどまでに、類の力の強さは圧倒的だった。

「……その力があれば、私を超える穂村家の家長になるであろう」

　菊蔵の言葉が、感情の色を見せる。

　その声は、微（かす）かに震えていた。

「なぜ私の言うとおりにしない。お主を軟禁すると言っているわけではない。ただ腰を落ち着け、家業に徹するよう求めているだけだ。それは、そうまでして拒絶せねばならないことなのか……！」

「俺には、薬膳（やくぜん）カフェでの時間が必要なんだよ」

　激情に飲まれた祖父に対し、類は落ち着きはらったまま答える。

「婚約者の女性を巻き込んだことは許されない。それでも、じいちゃんの言うことはもっともだよ。家業に専念することは先代の当然の望みなんだとわかってる。でも、それだと俺は駄目なんだ」

「……」

「あのカフェは、自分の意志で作ることのできた……俺の初めての居場所なんだよ」

　それは思いがけない言葉だった。

傍(かたわ)らに立つ孝太朗も、類の心情の吐露(とろ)に小さく目を見張る。

「春に日鞠ちゃんがカフェに加わってくれたこともあって、俺は平行して取り組んできた家業にも一層力を入れてきた。まだ一年と経っていないけれど、その功績も少しずつ形になってきてる。それはじいちゃんだってわかっているはずでしょう」

菊蔵は答えない。沈黙は肯定の証、ということだろう。

「今後も、家業のことをおろそかにするつもりはない。家の仕事の意義は嫌と言うほど理解しているし、俺自身それに誇りを持ってるよ。でもそれは、薬膳(やくぜん)カフェの仕事に対しても同じなんだ」

「……」

「理解されなくてもいい。俺の決定で家に不利益が生じた場合は、責任も甘んじて受けるよ。ただ……俺がこれから進む道を、じいちゃんにも見守っていてほしい」

「……もうよい」

ふー、と長い吐息とともに、菊蔵が双眼を閉ざした。

類に重なるように現れていたあやかしの姿も、いつの間にか幻のように消えていた。

「やはり、子育てはどんな事業よりも難解極まりないな。頭が痛いわ」

「俺も子どもの頃は、こんなことを伝える日が来るなんて思ってもみなかったよ」

「私にはきっと一生わからぬ。お主が穂村家と薬膳茶屋を同等と考える理由が」

「では一度、あのカフェにお越しになってはいかがですか？」

物怖じしない澄んだ声が、舞台上の祖父と孫に投げかけられる。

思いがけない有栖からの提案に、菊蔵はもちろん類も目を瞬いた。

「あの薬膳カフェに、恐らく菊蔵さまは足を運ばれたことがないのでしょう。その目で見て、その耳で聞いて、その舌で堪能することで、類さんの想いを理解できるのではないでしょうか」

「……生憎私にそのような暇などない。人間にまみれた空間はそもそも好かぬ」

「では、ここで召し上がりますか」

話を引き継いだのは、孝太朗だった。

「幼馴染みの祝いの席と聞いて、お渡しする機会があればと薬膳茶の材料を用意してまいりました。作業台と熱湯を貸し出していただければ、十分程度でお出しできます」

「えっ、そうだったんですか？」

確かに孝太朗の手荷物はいつもより大きめだったが、まさか中身が薬膳茶の材料だったとは思ってもみなかった。

日鞠が驚いているうちに、孝太朗は最奥の席に置かれていた鞄に手を伸ばすと、ジッパーを開いた。

店内メニューにはない材料の香りが、辺りにふわりと漂う。

瞬間、周囲のあやかしたちが一斉に瞳を輝かせたのがわかった。

「孝太朗。持ってきた薬膳茶の材料って、もしかして……」

「類。準備を頼む」

「……ん。了解。お前たち、孝太朗に作業台と電気ポットを」

指先で作った円から、お馴染みの管狐が数匹現れる。

くるりと日鞠たちの周囲を旋回したあと、管狐の一匹が孝太朗の足元に自身の細長い身体で長方形を作る。すると次の瞬間、その床から手頃な大きさの調理台が魔法のように現れた。

もう一匹の管狐が廊下から、その細い背中に重そうな電気ポットを乗せてやってくる。

あっという間に準備完了だ。

「ありがとう、管ちゃん」

「きゅう」

久しぶりに耳にした愛おしい鳴き声に、日鞠はふわりと笑みを咲かせる。

自前の手拭きで両の手を拭ったあと、孝太朗は台の上に密閉容器に入れられた材料を並べていった。

用意されたティーポットは計三個。

材料はすでに下ごしらえを終えたものらしく、孝太朗は慣れた手つきで材料をポットへ入れていく。

ナツメの実、クコの実に、松の実。黒豆に、栗のスライス、白きくらげ。そしてクルミの欠片。

ただひとつ、黄金色の小さな木の実の正体は、日鞠がどれだけ記憶を遡ってみてもわからなかった。

準備が整ったそこにお湯を注いでいくと、辺りに一層豊かな香りが立ち込めていく。

見ると、ぷかりと湯面に浮かんだナツメの実をはじめ、多種多様な材料たちが心地よさそうにポットの中を漂っている。

蒸らしている間に用意されたカップは、カフェ店内でもなかなか見ることのないほどの数だった。

「孝太朗さん。この薬膳茶を、来客の方全員にお配りするんですか？」

「こちらの都合で時間を割いていただくからな。このくらい当然だろ」

「……わかりました。私、配膳しますね」

「俺もするよー。まさか自分の家でホール作業をするとは思わなかったけどね」

「あの、もしよければ、私も」

「ありがとうございます、有栖さん」

辺りにふわりと立ち込める、甘やかでコクを秘めた不思議な香り。

完成した薬膳茶が注がれた小さなカップを、日鞠たち三人は手分けして客人に配り始めた。

手渡す際に見られた反応は様々だった。

嬉しそうに頬を上気させる者。突然の配膳に困惑する者。舞台の上の人物の視線をしきりに気にする者。

「おお」

「なんと、これは」

「大変美味しゅうございます、山神さま……！」

それでもいざ薬膳茶を一口飲むと、彼らの表情は一様に幸福の色に染まっていった。

そして思い出す。

この薬膳茶は、孝太朗が類のために作ったという特別な薬膳茶によく似ていた。

「前に飲ませてもらったときは、材料は八つじゃなくて七つだったよね」

すべての来客に配膳を終えた類が、孝太朗の耳元でそっと呟く。

「いったいどの伝手を使って仕入れてきたのさ。この木の実は、本来至極貴重なもののはずなのに」

「貴重だな。だから、今日ここに持ってきた」

「……ほんと孝太朗って、そういうところだよねえ」

二人の視線がそっと重なり、類ははにかみ、孝太朗は肩をすくめる。

相変わらず正反対のその反応が、二人の仲の深さを物語っているような気がした。

「菊蔵さま」

静かに呼びかけられたその名に、大広間にいる者の視線が自然と前方へと集まる。

口元を結んだまままぶたを下ろしていた菊蔵の前に、薬膳茶を手にした有栖が進み出たのだ。

「どうぞお召し上がりください。孝太朗さんが作られた薬膳茶です。きっと素敵な味なのだと思います」

「私はいらぬ。他の者か、お嬢さんご自身が楽しまれればいい」

「菊蔵さま。この家にご招待いただいてから私は、今日という日をとても楽しみにしておりました」

カップを手にしたまま言葉を紡ぐ有栖に、菊蔵の目がそっと開かれる。

「数日離れていた類さんに会える機会が、僅かでも早まったからということもあります。ですが、他にも理由はありました。私は一度、類さんのご家族にお会いしたかったんです」

有栖の発言に、類は目を見張った。

「類さんと出逢って、私は変わりました。本をいくら読んでも、決して自分事とは思えなかった、恋という新しい感情を教えてもらいました。私の見る世界を変えてくれた人……そんな類さんと長年過ごしていらっしゃるご家族と、お話をさせていただきたかった」

「……微笑み溢れる家族像とはかけ離れていて、失望させたかな」

「驚きはしました。それでも、私はあなたさまに感謝しています」

有栖は舞台上の菊蔵に深く頭を下げた。

その美しい礼に、周囲の者たちが自然と息を呑む。

「あなたさまがいらっしゃらなければ、きっと今の類さんはいなかったでしょう。類さんと出逢えたのは、菊蔵さまやご家族の皆さまのおかげです」

「……」

「菊蔵さま。本当にありがとうございました」

「……有栖さん、といったかな」

少しの間を空けて呼ばれた名に、有栖がぱっと顔を上げた。

「類が今後も引き続き、家業と薬膳茶屋の二足のわらじを履いていくことについて……君はどうお考えかな」

「そうですね。事情を深く知らないので、無責任なことは言えませんが、私が知っている薬膳カフェでの類さんは、仕事に熱心で、軽口も多いですが誠実で、何よりとても楽しそうです」

そっと微笑んだ有栖が、手にしたままのカップを再び差し出す。

「もしも訪問が躊躇われるようでしたら、ぜひ私とご一緒しましょう。私ももっと、類さんのお話をお聞かせいただきたいですから」

向けられた有栖の誘いに、老人の口から断りの言葉が出ることはなかった。

「あの黄金色の木の実は、狐に縁深いあやかしが特に好む『イナホカヅラの実』だ。稲が育つ地に宿る稲荷神の力が、長い年月を経てその地にある一定量満たされたときにのみ現れる」

「なるほど。それで皆さん、あんなに嬉しそうにされていたんですね」

「さらっと言うけど、マジでめちゃくちゃ希少な木の実だからね。じいちゃんがしばらく堪えていたのが不思議なくらいだよ」

「でも、菊蔵さまも最後はお口をつけて下さいましたよね」

大邸宅をあとにする頃には、空は夕焼けに染まり真っ赤に色づいていた。

行きはタクシーに乗ってきたが、有栖の「少し歩きませんか」という提案で帰りは歩くことになった。

歩くにも決して遠すぎはしないし、何より外の空気は澄んでいて、空がとても美しかった。

「なんとかおじいさんとの話し合いもまとまって、本当によかったですね」

「うん。話の落としどころを探すのには、かなり苦労したけどねぇ」

日鞠の嬉しそうな言葉に、類も穏やかな笑みを浮かべる。

様々な混乱はありつつも、穂村家家長就任の儀はどうにか無事に終了した。

穂村家の家長の座は予定どおり類へ継がれたが、家業については菊蔵が引き続き取り仕切る、二大体制が取られることになったのだ。

とはいえ、家業でも副長の座に就いた類は、今まで以上に仕事が増えることになるだろう。

「まあ実際、今じいちゃんにまるっと抜けられたらうちの家業は成り立たないからね。じいちゃんも、そもそも引退するつもりはなかったみたい。ただ、薬膳(やくぜん)カフェに留まり続けている俺を認めることができなかったんだよ。うちのじいちゃん、驚くほど気位(きぐらい)が高いからさ」

類の言葉に、日鞠は密かに納得する。

孝太朗が姿を見せたときの菊蔵の態度は、日鞠からもわかるほどに敵対的だった。

類によれば、彼は自分の子孫が山神としての地位を継ぐ好機の訪れを、密かに待ち望んでいたらしい。

その夢が叶わなかったことが、孝太朗への反感にさらなる拍車をかけていたのかもしれない。

「まあそれも、俺が今まで散々はぐらかしてきたのが一因なんだけどね。あのじいちゃんと顔を突き合わせて話す勇気が、今までの俺にはなかったってことだよ」

「今回、類さんの覚悟の強さが、菊蔵さまにも伝わったんでしょうね」

「……うん。そうだといいな」

有栖の言葉に、類はどこか照れくさそうに笑う。

なお、三人が同席することは、類の耳に入らないようにされていたようだった。

座布団に施された術も、類に気づかれず三人に儀式の内容を見せるのが目的だったのだろう。

「じいちゃんの策略の結果ではあったけれど、今日の場に三人がいてくれてよかった。格好つけることも取り繕うこともできなかったけれど、その分ありのままの今の俺の心を伝えることができた気がするから」

「はい。私も、類さんの知らない一面を知ることができて、嬉しいです」

「有栖ちゃん……」

ふわりと微笑(ほほえ)み合う二人を見て、日鞠も密かに口元に笑みを浮かべる。

隣の孝太朗に視線を向けると、彼はそのままの表情で小さく肩をすくめた。

再び四人は、雪に包まれた街を歩き出す。

カフェに繋(つな)がる脇通りに入ったところで、類は不意に口にした。

「有栖ちゃん。クリスマスイブの約束、覚えてるかな」

何気ないその言葉に、日鞠の心臓は飛び上がった。

それはもしかしなくても、二人が交わした恋人になるための約束のことだろう。

しかし、まだ孝太朗と日鞠が近くにいる状況で話し始めていいのだろうか。

せめて薬膳(やくぜん)カフェに入って、二人きりになったときに話したほうがいいのでは……！

そんな考えを高速で巡らせる日鞠をよそに、傍(かたわ)らの有栖はこくりと頷(うなず)いた。

「もちろんです。忘れるはずがありません」

「その約束をしたときに話したよね。俺自身、片をつけなくちゃならないことが残ってるって。ここでそろそろ……腹を括らないといけないな」

「え？」

日鞠は思わず口を開いた。

「でも類さん。おじいさんとの話し合いのことなら、ついさっき無事に終わりましたよね……？」

「それだけじゃないんだ。もっと早く清算するべきだったことがある。それは日鞠ちゃんにも、関わりがあることなんだ」

いつの間にか三人の前に進み出ていた類が、静かに振り返る。

夕暮れを背に立つ彼の髪は、紅蓮の光に包まれてとても眩しかった。

「さっきの話の中で、じいちゃんが言っていたでしょう。二十一年前に、俺と孝太朗を出逢わせたって。そのときのこと、孝太朗は覚えてる？」

「お前が学期内に突然転校してきたことなら覚えているが」

「うん。でも本当はもう少し前に、俺は孝太朗に逢っていたんだ」

どこか寂しそうに告げる類に、日鞠の心がざわりと粟立つ。

類はいったい、何を話そうとしているのだろう。

「二十一年前、この辺りのあやかしが一時大混乱に陥ったというのは、日鞠ちゃんも知っているよね」

「あ……はい。私のおばあちゃんが亡くなったことで、慕ってくれていたあやかしたちが大きな不安に包まれてしまったと……」

「その混乱に乗じて、まだ若かった孝太朗の――山神の力を、我がものにしようとする勢力があった。その勢力の中に、俺たち穂村家もいたんだよ」

思いがけない話に、日鞠は小さく息を呑んだ。

「二十一年前、孝太朗の腕にひどい傷を負わせた罠があったでしょう。あれはまさに、孝太朗を狙って仕掛けられたものだったんだ。混乱した状況をどうにか収めるために、孝太先代の祠に繋がるあの道を通ることを見越してね。あの罠には、相手の力を徐々に吸い取っていく特殊な術が仕込まれていた。日鞠ちゃんが早々に助けなければ、きっと孝太朗の山神の力はあの罠に奪い取られていた」

「類さん……？」

日鞠は不安を感じて声を震わせる。

どうして類が、そんなことを知っているのだろう。

「あのときの俺は、じいちゃんの意のままに動く傀儡だった。あの日もじいちゃんに言われるままに鉄製の罠を抱えて、一人あの森へ向かった。不穏な気配なんて、いくらでも感じ取っていたはずなのに」

「それは……」

「今まで黙っていて、本当にごめん。孝太朗、日鞠ちゃん」

苦しげに顔を歪めた類が、それでも視線を背けることなく二人を見据えた。

「孝太朗の力を奪い取ろうとした、今も残った傷痕の原因になった罠。その罠を仕掛けたのは……この俺なんだ」

「ああ。知っている」

ごく自然に告げられた返答だった。

しばらくの沈黙を経て、神妙な面持ちだった類の瞳が丸く見開かれる。

「………へ？　知っている、って？」

「お前がじいさんの命であの罠を仕掛けたことは、とうに気づいていた」

「はあああああっ⁉」

たまらずといった様子で声を上げる類に対し、孝太朗はいつもの冷静な表情を崩さない。

再び歩み出した孝太朗に、類は慌てて問いかけた。

「ちょっと孝太朗っ、気づいていたって、だって、いったいどうして……！」

「あの罠には、微かに術の気配が残っていたからな。お前と学校で初めて会ったときには気づいていた。俺にわざわざ声をかけてきたのも、おおかたあのじいさんに命じられたからだろう」

「なに、それ。それならなんで。どうして俺と仲良くつるもうなんて思えたわけ？　だって俺、孝太朗にあんなひどいケガを……っ！」

「俺が誰とつるもうが俺の自由だろ」

面倒そうに頭をかいた孝太朗がふと立ち止まる。

気づけば一行は、二人が築き育て上げた薬膳カフェの前に到着していた。

振り返った孝太朗は、少しの躊躇いもなく類との距離を詰める。

影がかかるほどの至近距離からの強い視線に、類の瞳が僅かに揺れた。

「俺はただ、自分で決めてきただけだ。お前の隣にいることも、お前に日々煩わされることも、お前とこの店を構えることもな」

孝太朗のその言葉に、日鞠も胸が熱くなる。

全部知っていても孝太朗は、自らの意志で類の隣を選んでいたのだ。

「誰も彼も、お前の妖術に捕らわれてここにいるわけじゃねえ。俺も日鞠も、もちろん有栖さんもだ」

低い声で告げられた言葉に、類がはっと息を呑む。

核心を突かれたのが、嫌というほど伝わった。

以前類は、自分自身が一番信用できないと言っていた。

自分を信じられない。だから、周囲から向けられる親愛や信頼の情も、素直に受け取ることができない。受け取るべきではない。受け取ってはいけないのだと。

類はずっとずっと、そんな哀しい猜疑心を抱いていたのか。

そしてそのことに、孝太朗は気づいていた。

「誰がお前の意のままに動かされてやるか。思い上がってんじゃねえぞ。クソ狐」

「孝、太朗……」

「話が終わりなら、俺たちはこれで失礼する。行くぞ日鞠」

「あ、は、はいっ！」

急に話を振られた日鞠は、慌てて声を上げた。

自宅への外づけ階段へ向かおうとした足をふと止め、日鞠は後ろの有栖に笑顔を向ける。

「あとは薬膳カフェの中で。二人きりで、ゆっくりじっくりお話ししてくださいね。有栖さん」

「日鞠さん……」

「あ。もしも類さんが何か悪さしようとしたら、『管ちゃん』って呼んでみてください。きっと有栖さんの味方になってくれますから」

「日鞠ちゃん……俺のことなんだと思ってるの」

冗談ですよ、と言い残しながら、日鞠は孝太朗とともに階段を上っていく。

「それじゃあ、失礼しますね」

「店を出るときは鍵を閉めろよ」

「孝太朗！」

街中に、類の声が響く。

「本当にごめん。ありがとう、孝太朗……！」

「……彼女に振られたら、街中のあやかしに知らせてやるよ」

口元に悪い笑みを浮かべ、孝太朗は自宅へと姿を消した。

彼が今胸に抱く想いは、きっと日鞠と同じものに違いない。

どうか今度こそ、二人が育んでいた想いが結ばれますようにと。


二階自宅に戻ったあと。

室内の暖房を入れた二人は、ダイニングテーブルに隣り合わせに座っていた。

「類さんと有栖さん、今頃どんなお話をしているんでしょう……」

孝太朗が淹れたココアを飲みながら、日鞠は喜びを隠さずに呟く。

「嵐のような一日でしたけれど、二人の約束の時間がこうして実現できて本当によかったですね」

「類の奴はともかく、有栖さんに待ちぼうけを食らわせるわけにはいかねえからな」

言いながらココアに口をつける孝太朗に、日鞠はふわりと笑みを浮かべる。

類に対するぶっきらぼうな物言いも、結局は長年培われた関係の深さに裏打ちされたものなのだ。

「類さんとおじいさんも、いつか仲直りできればいいですね」

「お互い筋金入りの頑固者だからな。家の騒動は外に持ち出すな、やり合うときは結界を忘れるなと釘を刺しておくから、あとは向こうで勝手にやるだろう」

「結界……だ、大丈夫でしょうか？」

「遅れてきた反抗期ってだけだ。心配はいらねえよ」

さらりと告げた孝太朗に、日鞠は苦笑しつつココアに口をつける。

今回の衝突は今後のためにも必要なことだったのかもしれない。

これを乗り越えた先に、二人が手を取りわかり合える未来が来ることを願う。

「そういえば、さっき類さんが話していた、二十一年前の話も驚きました」

幼い日の類が、祖父の言いつけで罠を仕掛けたのだという告白。

思えば、野幌森林公園で告げられた類の言葉も意味深だった。

——二十一年前のあのときも。君が孝太朗を助けてくれて……本当によかった。

――ありがとう。日鞠ちゃんに、ずっとこの言葉を伝えたかった。

今になって、あの言葉の本当の意味に気づく。

今日の孝太朗との会話で、類の心は初めて救われたのかもしれない。

「それに、まさか孝太朗さんが罠の真相に気づいていたとは思いませんでした。さすが孝太朗さんですね」

「期待を裏切って悪いが、あれを知っていたっていうのは出任せだ」

「えっ、嘘！」

あっさり白状した孝太朗に、思わず声を上げた。

「で、でも、すごく自然に受け答えしてたじゃないですか。だから私、てっきり本当に知っていたのだとばかり」

「ガキの頃の話だ。罠の犯人が誰だのなんだの、考える余裕なんてあるわけねえだろ」

「そ、それはそうでしょうけれど」

「もう済んだ話だ。それに……類の馬鹿が、見たことのねえ面をしてやがったからな」

「孝太朗さん……」

類に対する溢れるほどの親愛の情に、きっと孝太朗本人は気づいていない。

嘘は嫌いと公言する孝太朗が、類のために咄嗟に苦手な芝居を演じてみせたのだ。

「孝太朗さんってば、やっぱり類さんが大好きですね」

「気色悪いことを言うな」

「気色悪くなんてありませんよ。素敵なことです」

嫌そうに顔をしかめる孝太朗に、日鞠は柔らかく笑みを浮かべる。

孝太朗が持つ、無愛想な表情の裏に隠された愛情の深さを、日鞠はよく知っていた。

何より、二人の心の繋がりを改めて感じられたことが嬉しくて、胸がじんと温かくなる。

ふと隣を見ると、真っ直ぐな瞳がじっとこちらに向けられていることに気づいた。

「えっと。孝太朗さん……？」

「お前はいつも、花が綻ぶみたいに笑うな」

孝太朗にまるで慈しむような微笑みを向けられ、心臓が高鳴る。

キッチン窓から届く沈みかけの夕焼けの光が、孝太朗の姿を神々しく彩っていた。

その美しさに日鞠が目を奪われていると、孝太朗は静かに口を開いた。

「まだ、お前に礼を言っていなかったな」

「え？　お礼ですか？」

「じいさんから投げかけられた言葉に、お前が言ってくれただろう」

「あ……」

――私は、今の孝太朗さんを好きになったんです。

――孝太朗さんが人間だったらよかったなんて、私は思いません。今までも、これからもです。

もしかして、あのときのやりとりのことだろうか。

鮮明に思い出した自身の言葉は、振り返れば相当に大胆な言葉だった。

集まってくる頬の熱を慌てて冷やしていた日鞠の両手を、孝太朗の両手がそっと包み込み、やがて二人の手が繋がれる。

向けられる漆黒の瞳に、心臓がドキンと音を鳴らした。

「あのじいさんの言っていたことは間違っていない。俺が山神である限り、お前には本来無用な悩みや心配を抱かせることになる。それはどれも、俺が人間であれば考える必要のないものだ」

「……でも私は、それも全部ひっくるめて孝太朗さんが好きなんです」

握られた手に、日鞠はきゅっと力を込める。

「私は、孝太朗さんの隣にいたいと思っています。これからも……ずっとずっと」

照れくささを覚えつつも、日鞠は素直に自身の願いを告げる。

繋がれていた孝太朗の片方の手がゆるりと解かれ、日鞠の頬に優しく触れた。

「俺もだ」

強い眼差しの中に、美しい光の粒が瞬くのが見える。

「俺も、お前の隣にいたいと思う」

「孝太朗さん……」

「これからもずっと、俺がお前を護る。お前がいつもそうやって表情豊かでいられるように。俺の隣で、笑っていられるように」

得意ではないはずの言葉を、孝太朗が丁寧に紡いでいく。

そこに込められた想いの深さに、日鞠はたちまち幸福で満たされていった。

「私も、孝太朗さんを護りますね。私にできる精一杯で、いつも優しいあなたを護ります」

「……日鞠」

胸に沁みていくような、甘い響き。

気づけば日鞠と孝太朗の距離は互いの呼吸を感じるほどとなり、やがてゼロになった。

唇に贈られた感触は温かくて、ほのかに甘い。

今まで感じたことのない感覚に、日鞠の身体は少しの間を置いて一気に熱を帯びた。

「あ、わ、こ、こうたろ、さ……っ」

じわわわ、と顔が真っ赤に染まったのがわかった。

あまりの混乱に、日鞠の瞳に薄く涙の膜が張る。

不安定な光を集めたその瞳を見て、孝太朗がそっと顔を伏せた。

「悪い。我慢できなかった」

「が、が、がまん……ひゃっ」

孝太朗が日鞠を抱き寄せる。温かな胸に閉じ込められ、日鞠はぱちぱちと目を瞬かせた。

交際を始めて、およそ半年。初めてのキス。

ともに過ごしたり、頭を撫でられたり、時折抱き寄せられたり。

日々のほのかな触れ合いですっかり満たされていた日鞠にとって、それはまさに不意打ちの甘い幸福だった。

自分の唇をそっと指でなぞる。鮮明に思い出される感触に、さらに鼓動が速くなっていく。

「嫌だったか」

「……まさか。幸せです、とても」

「そうか」

短い答えのあと、孝太朗の腕の力が僅かに強まった。

「日鞠」

ああ、まただ。

こんな風に低い声で名を呼ばれるたびに、胸が甘く締めつけられる。

孝太朗は日鞠の髪をすいと梳いたあと、そっと耳にかけてくれた。

露わになったその耳に、孝太朗が唇を寄せる。

「好きだ。日鞠」

孝太朗の言葉ひとつひとつが、身体の芯に熱を与える。

幸せという名の熱を、これでもかというほどに。

「離れるんじゃねえぞ」

「っ……はい」

言葉少なな彼から伝えられた愛情に、日鞠は静かに頷く。

再び閉じ込められた腕の中で、日鞠はただ目尻に滲んだ涙の熱さを感じていた。

エピローグ

「類さん大丈夫ですか！　そのケガ……！」

翌朝。カフェに現れた類の姿に、日鞠は叫び声にも似た声を上げた。

いつも通り愛嬌たっぷりの笑みを浮かべる類の顔には、あちこちにケガの痕跡があった。一応絆創膏やら湿布やらで手当は終えているようだが、見るからに痛々しい。

「へへ、いいでしょこれ。イケメンに拍車をかける謎の傷痕みたいな？」

「ただの狐同士の引っかき合いだろうが」

驚く様子もない孝太朗が、ため息交じりに告げる。

昨日薬膳カフェから家に帰ったあと、類と菊蔵の間でさっそく行われた話し合いは、瞬く間に口喧嘩へ、最終的には妖力を交えたバトルへと発展したのだという。

それでも、一線はわきまえた上での喧嘩だったとのことで、お互いかすり傷程度で済んだらしい。

「でも、本当によかったです。類さんと有栖さんが無事に恋人同士になれたと聞いて」

「はは。改めてそう言われると、なんだかくすぐったいなあ」

日鞠の噛み締めるような言葉に、類は照れくさそうに頬をかく。

昨日カフェで二人の時間を過ごしたあと、類と有栖はわざわざ二階自宅まで赴き、交際を始める旨を報告しに来てくれた。

ようやく想いを通わせることができた二人に、日鞠は思わず涙が滲んでしまった。

「雇い主として言わせてもらうが、彼女に不義理を働いたらただじゃおかねえからな」

「そうなったら、私が真っ先に類さんにとどめを刺しますからね？」

「ははっ、そうだねえ。もしそうなったら、二人に俺のとどめをお願いしようかな」

「それは駄目ですよ」

澄んだ声が耳に届き、カフェにいた三人はぱっと扉のほうへ振り返った。

開かれた扉の先には、銀のツインテールに赤白のチェック柄のワンピース、雪ん子のような白のコートを羽織った有栖が佇んでいた。

「そうなったときにとどめを刺すのは、私の役目ですから」

「有栖さん、いらっしゃいませ」

「いらっしゃいませ」

「え、有栖ちゃん？」

「おはようございます。今日はお招きいただいてありがとうございます」

笑顔で出迎える日鞠と会釈をする孝太朗に対し、類だけがきょろきょろと双方を見比べている。

口元に小さな笑みを浮かべ、有栖は類の前まで歩みを進めた。

「類さん……昨夜は菊蔵さまと、随分派手に話し合いをされたみたいですね」

「あ、うん。でもこの通り元気だし、手当もしてあるから」

「本当に大丈夫ですか。無理をしてはいませんか」

「うん。心配ないよ、大丈夫……っ」

手当痕だらけの類の顔を心配そうに見上げ、有栖が白い手を類の頬（ほお）に添える。

ほんの僅（わず）かに色づいた類の頬（ほお）に気づき、日鞠は思わず孝太朗と視線を交わし微笑（ほほえ）んでしまう。

それに気づいたのか、仕切り直しとばかりに類がコホンと咳払いした。

「ところで有栖ちゃん、今日はどうしたの？　いつもはこんなに早く来ることもないよね？」

「日鞠さんたちにお誘いいただいたんです。今日はカフェを臨時休業にするので、色々と準備を手伝ってほしいと」

「……んんん？　なになに、臨時休業？」

「お前には当日まで秘密にしていたからな」

そう言い残した孝太朗は厨房に向かうと、冷蔵庫の扉を開閉させて再びホールに戻ってきた。

その手に置かれたあるものに、類は目を瞬かせる。

「これって……」

「今日は、お前の誕生日祝いだそうだ」

「本当の誕生日は昨日終わってしまいましたけれど、どうしてもみんなでお祝いがしたくて。今日のカフェは、類さんの誕生日パーティー用に貸し切ってもらったんです！」

テーブルに置かれたのは、ホールケーキ用のスポンジだった。

まだクリームやフルーツで飾られていないそれは、ほのかに香ばしい匂いをまとっており、そのままでも食欲をそそる優しい狐色をしていた。

「うそー……初めてじゃない？　孝太朗に誕生日を祝ってもらうなんて」

「俺が一人でそんなこと計画すると思うか」

「はは、ないねえ。ないない」

視線を合わせた二人が、同じタイミングでふっと笑みを漏らす。

そんな二人を見て、日鞠は眩しげに目を細めた。

「パーティーの開始は十二時です。日頃お世話になっているあやかしのみんなにもお声がけしましたから、楽しみにしていてくださいね」

「あれれれちょっと待って待って。有栖ちゃんとあやかしたちを同席させる気満々なの？　孝太朗もそれに同意してるの⁉」

「幸い有栖さんも、あやかしたちの存在に興味を持ってくれている様子だからな」

「はい。どんな皆さんとご一緒できるのか、私も楽しみです」

動揺もなくこくりと頷いた有栖の目には、隠しきれない知的好奇心が煌めいていた。

「豆ちゃんに紫陽花さんに茨木童子さん。凜姫さんはカフェに来られませんが、後日ぜひ有栖さんの写真を見たいと嬉しそうでしたし、釜中さんは嵐が来ても必ず行くと言ってくれましたよ。有栖さんが視認できないあやかしさんは、私が絵を描いて仲介しますね」

「はい。助かります」

「いやいやいやいや。そういう問題じゃないというか、最悪あやかしたちを招待するとしても茨木童子と太喜は除外でしょ！　祝う気ゼロどころかマイナスでしょあの二人！」

「すでに招待状を送って返事も受け取ってる。諦めろ」

「確信犯！　確信犯がいるよおここに！」

賑やかな空気がカフェに戻り、日鞠と有栖は小さく笑みを交わす。

「類。お前も準備を休ませるつもりはねえからな。ケーキの仕上げをするから厨房に入れ」

「ええええ……そうなの？　俺主役なのに？」

「きっと皆さんとも仲良くなれますよ。楽しみにしていてくださいね、有栖さん」

「はい。私もぜひ自己紹介をさせてほしいです」

「奴らの口からお前がどう紹介されるのか、楽しみでならねえな。類」

「怖！　なに孝太朗今の邪悪な笑顔！　怖っ！」

ぎゃあぎゃあ文句を垂れつつも、孝太朗について類も厨房に向かう。

きっとあと一時間後には、この店内も賑やかになっていることだろう。さっそく装飾の準備にとりかからなくてはいけない。

窓の外にちらちらと姿を見せたのは、白い雪。

この光景を来年も、その先もずっと見られるといい。

雪に覆われた白い街並みが、まるでたくさんの希望の光を抱いているように思えた。

●参考文献

小林香里 著、薬日本堂 監修『温めもデトックスも　いつもの飲み物にちょい足しするだけ！　薬膳ドリンク』（河出書房新社）
水田小緒里 著『食べものの力と生活習慣で不調をとりのぞく　オトナ女子の薬膳的セルフケア大全』（ソーテック社）
武鈴子 著『おいしく食べる！　からだに効く！　マンガでわかる はじめての和食薬膳』（家の光協会）
杏仁美友 著『薬膳美人　改訂版　もっと薬効もっとカンタン』（マガジンハウス）
真木文絵 著、池上文雄 監修『ココロとカラダに効くハーブ便利帳』（ＮＨＫ出版）
山下智道 著『野草と暮らす３６５日』（山と溪谷社）
飯島都陽子 著・絵『魔女の12ヵ月　自然を尊び、知り尽くした魔女の「暮らし」と「知恵」』（山と溪谷社）

●付記

作中に登場する薬膳茶の描写につきまして、効果効能を保証するものではありません。

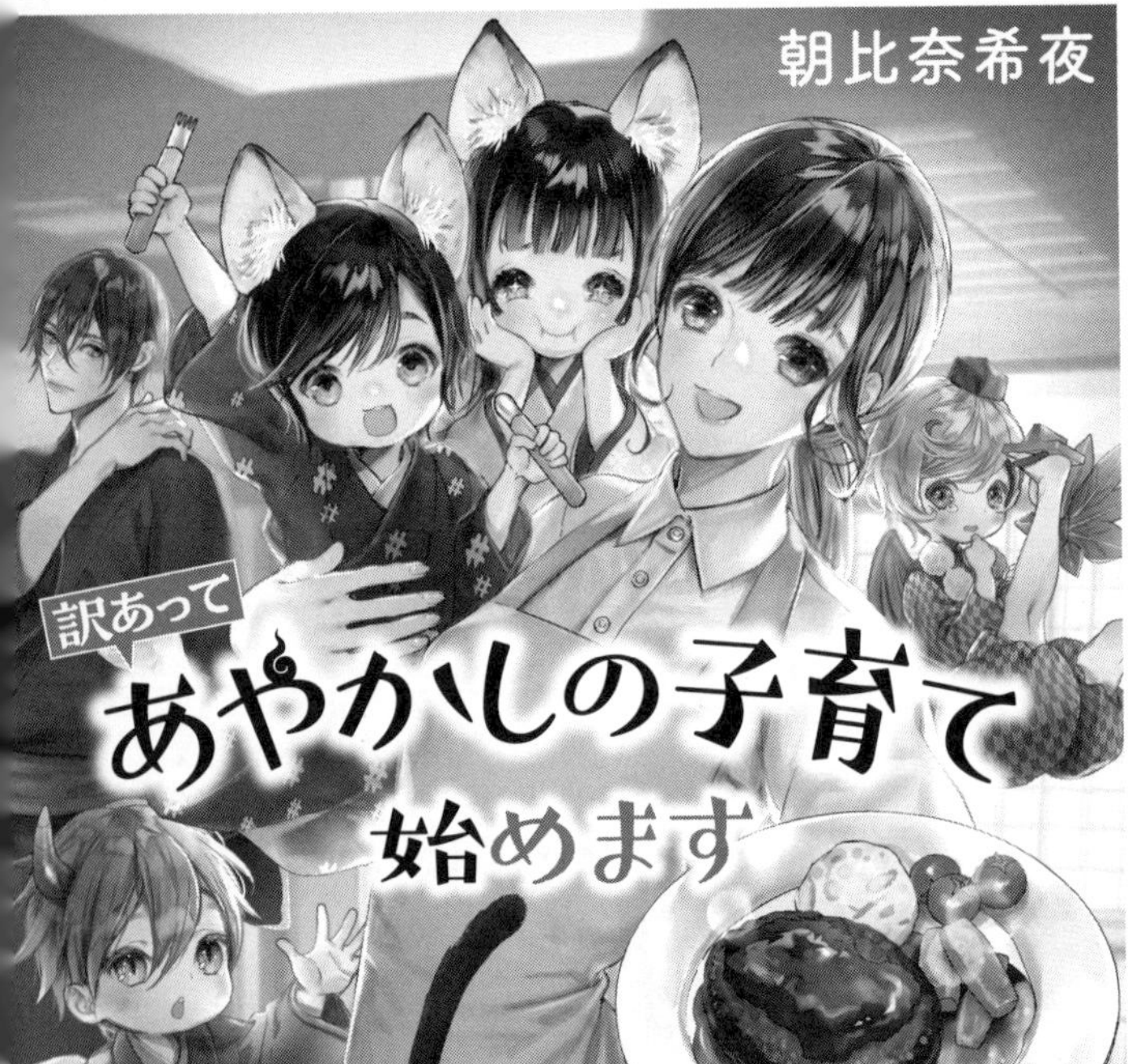

朝比奈希夜

訳あって
あやかしの子育て始めます

可愛い子どもたち＆イケメン和装男子との
ほっこりドタバタ住み込み生活♪

会社が倒産し、寮を追い出された美空（みそら）はとうとう貯蓄も底をつき、空腹のあまり公園で行き倒れてしまう。そこを助けてくれたのは、どこか浮世離れした着物姿の美丈夫・羅刹（らせつ）と四人の幼い子供たち。彼らに拾われて、ひょんなことから住み込みの家政婦生活が始まる。やんちゃな子供たちとのドタバタな毎日に悪戦苦闘しつつも、次第に彼らとの生活が心地よくなっていく美空。けれど実は彼らは人間ではなく、あやかしで…!?

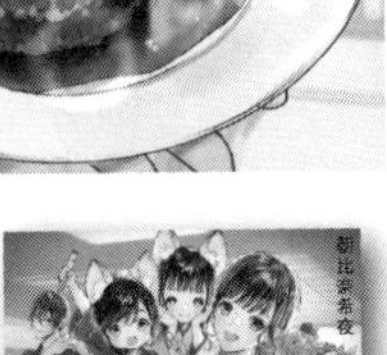

定価：726円（10%税込み）　ISBN 978-4-434-31498-8

Illustration：鈴倉温

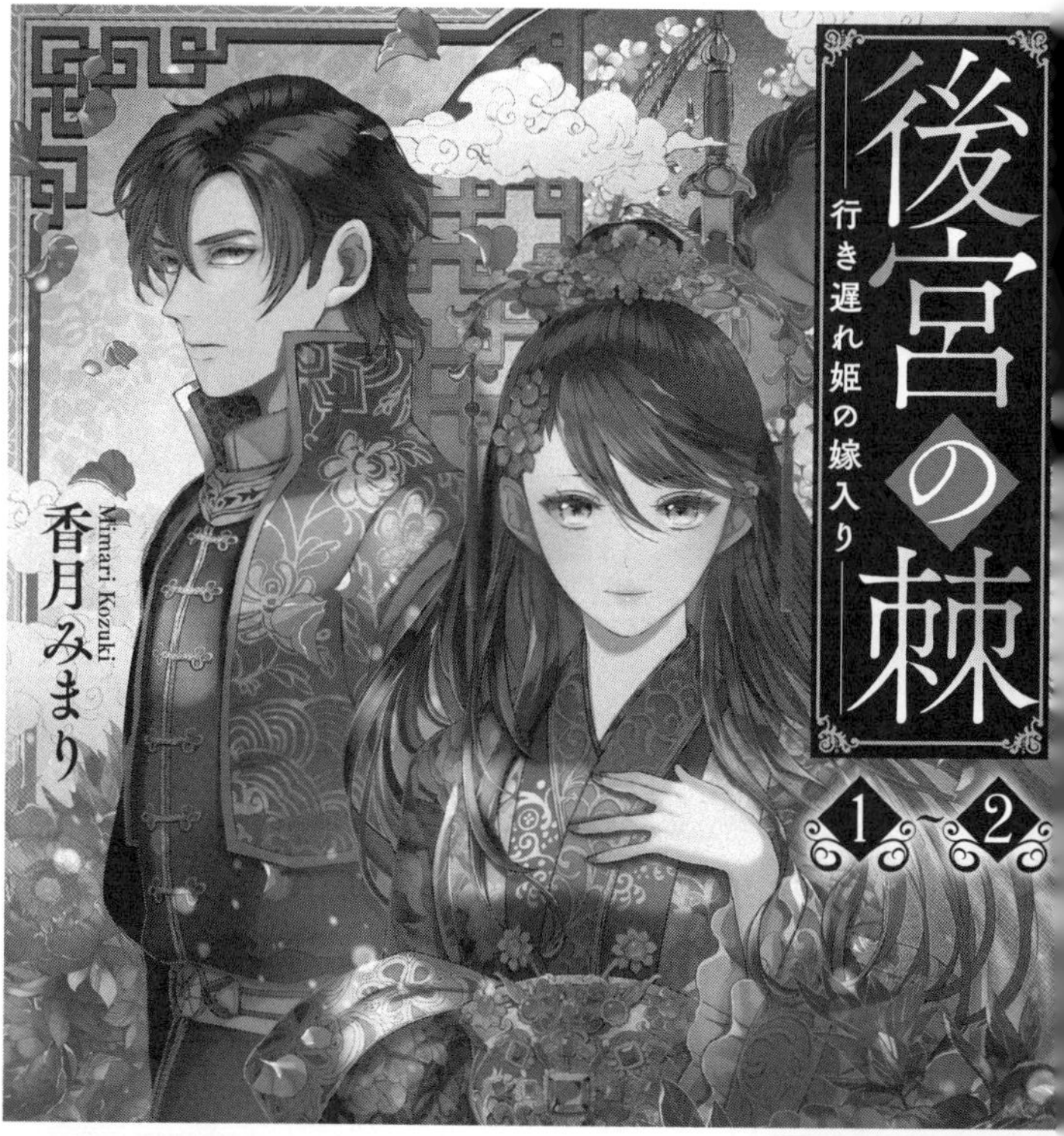

後宮の棘

行き遅れ姫の嫁入り

香月みまり
Mimari Kozuki

1～2

愛憎渦巻く後宮で
武闘派夫婦が手を取り合う!?

自国で虐げられ、敵国である湖紅国に嫁ぐことになった行き遅れ皇女・劉翠玉。彼女は敵国へと向かう馬車の中で、自らの運命を思いポツリと呟いていた。翠玉の夫となるのは、湖紅国皇帝の弟であり、禁軍将軍でもある男・紅冬隼。翠玉は、愛されることは望まずとも、夫婦として冬隼と信頼関係を築いていきたいと願っていた。そして迎えた対面の日……自らの役目を全うしようとした翠玉に、冬隼は冷たい一言を放ち――?

チグハグ夫婦が織りなす後宮物語、ここに開幕!

定価:726円（10%税込み）

Illustration：憂

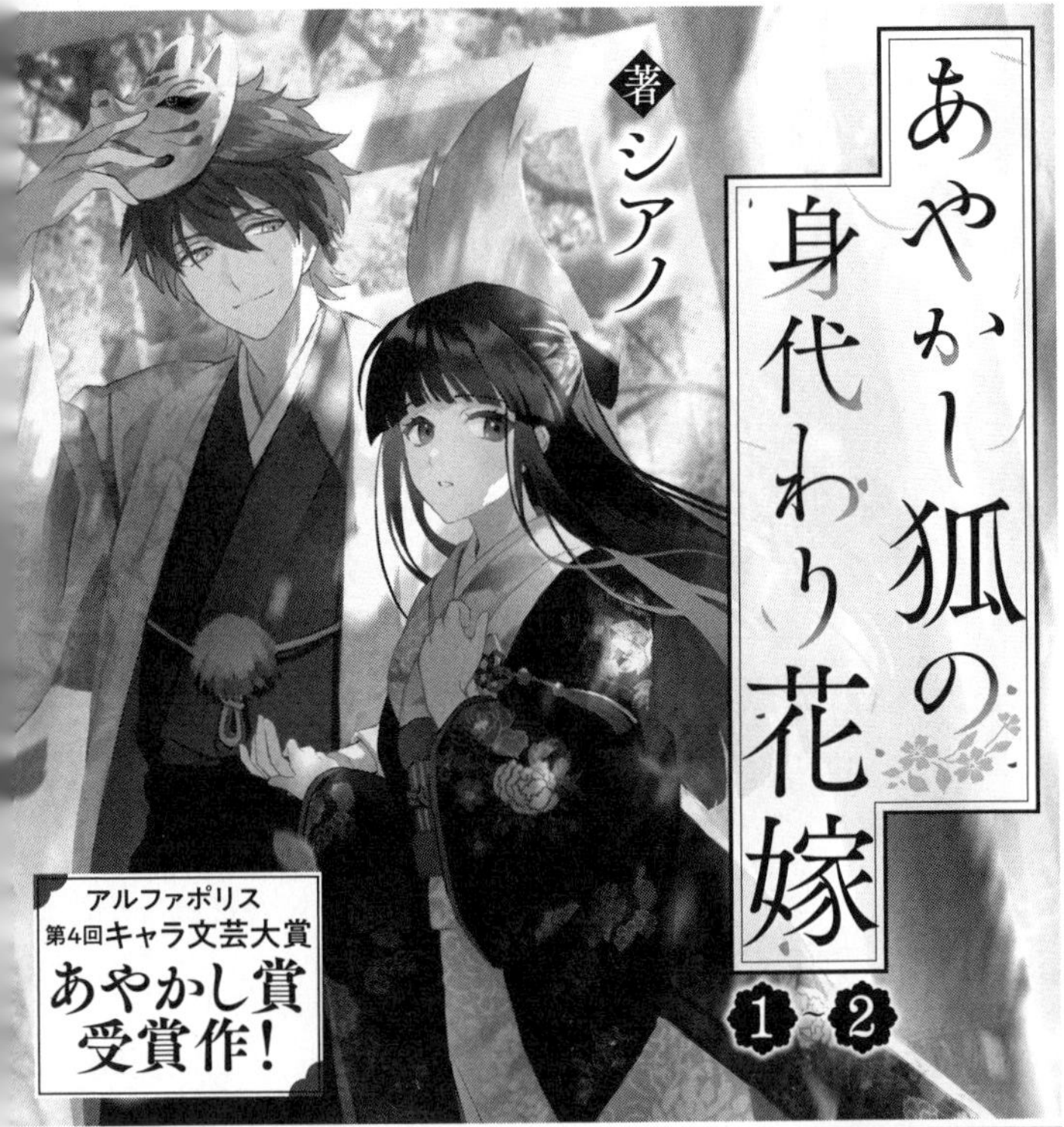
著 シアノ
あやかし狐の身代わり花嫁
1～2
アルファポリス
第4回キャラ文芸大賞
あやかし賞
受賞作！

かりそめ夫婦の
穏やかならざる新婚生活

あやかし狐の身代わり花嫁 2
シアノ
愛しているよ
私の可愛い花嫁

親を亡くしたばかりの小春は、ある日、迷い込んだ黒松の林で美しい狐の嫁入りを目撃する。ところが、人間の小春を見咎めた花嫁が怒りだし、突如破談になってしまった。慌てて逃げ帰った小春だけれど、そこには厄介な親戚と——狐の花婿がいて？　尾崎玄湖と名乗った男は、借金を盾に身売りを迫る親戚から助ける代わりに、三ヶ月だけ小春に玄湖の妻のフリをするよう提案してくるが……!?　妖だらけの不思議な屋敷で、かりそめ夫婦が紡ぎ合う優しくて切ない想いの行方とは——

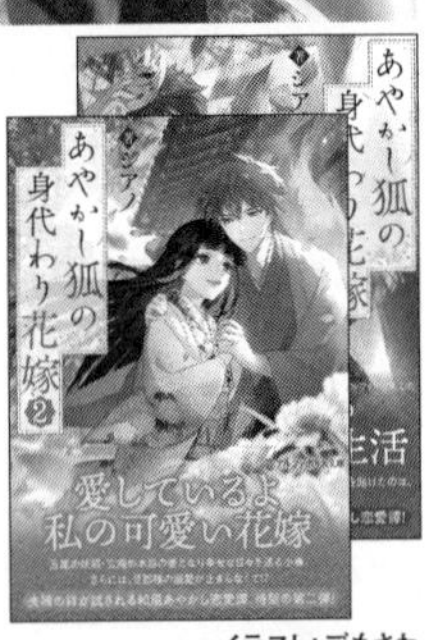

定価：726円（10%税込）

イラスト：ごもさわ

迦国あやかし後宮譚

かのくにあやかしこうきゅうたん

1~3

著 シアノ

皇帝が選んだのはあやかし憑きの少女!?

アルファポリス
第13回
恋愛小説大賞
編集部賞
受賞作

妾腹の生まれのため義母から疎まれ、厳しい生活を強いられている莉珠(りじゅ)。なんとかこの状況から抜け出したいと考えた彼女は、後宮の宮女になるべく家を出ることに。ところがなんと宮女を飛び越して、皇帝の妃に選ばれてしまった！　そのうえ後宮には妖(あやかし)たちが驚くほどたくさんいて……

◉各定価：726円（10%税込）　◉Illustration：ボーダー

あやかし
鬼嫁
婚姻譚
1
2
著・朧月あき
あやかし
和風・シンデレラ
ストーリー！
生贄の娘は、
鬼に愛され華ひらく
天涯孤独で養護施設で育った里穂。ある日、名門・花菱家に養女として引き取られるも、そこで待っていたのは、周囲の皆から虐めを受ける過酷な日々だった。そして十七歳の誕生日、里穂はあやかしの「生贄」となるよう養父から告げられる。だが、絶望する里穂に、迎えに来たあやかしは告げた。里穂は「生贄」ではなく、あやかしの帝の「花嫁」になるのだと——
各定価:726円（10%税込）
イラスト：セカイメグル

虎猫姫は冷徹皇帝に愛でられる

月華後宮伝

GEKKA KOKYU DEN

①～②

織部ソマリ

PRESENTED BY SOMARI ORIBE

型破り月妃×冷徹な皇帝

中華後宮物語、開幕！


煌びやかな女の園『月華後宮』。国のはずれにある雲蛍州で薬草姫として人々に慕われている少女・虞凛花は、神託により、妃の一人として月華後宮に入ることに。父帝を廃した冷徹な皇帝・紫曄に嫁ぐ凛花を憐れむ声が聞こえる中、彼女は己の後宮入りの目的を思い胸を弾ませていた。凛花の目的は、皇帝の寵愛を得ることではなく、自らの最大の秘密である虎化の謎を解き明かすこと。

後宮入り早々、その秘密を紫曄に知られてしまい焦る凛花だったが、紫曄は意外なことを言いだして……？

あらゆる秘密が交錯する中華後宮物語、ここに開幕！

◎定価：726円（10%税込み）

◉illustration:カズアキ

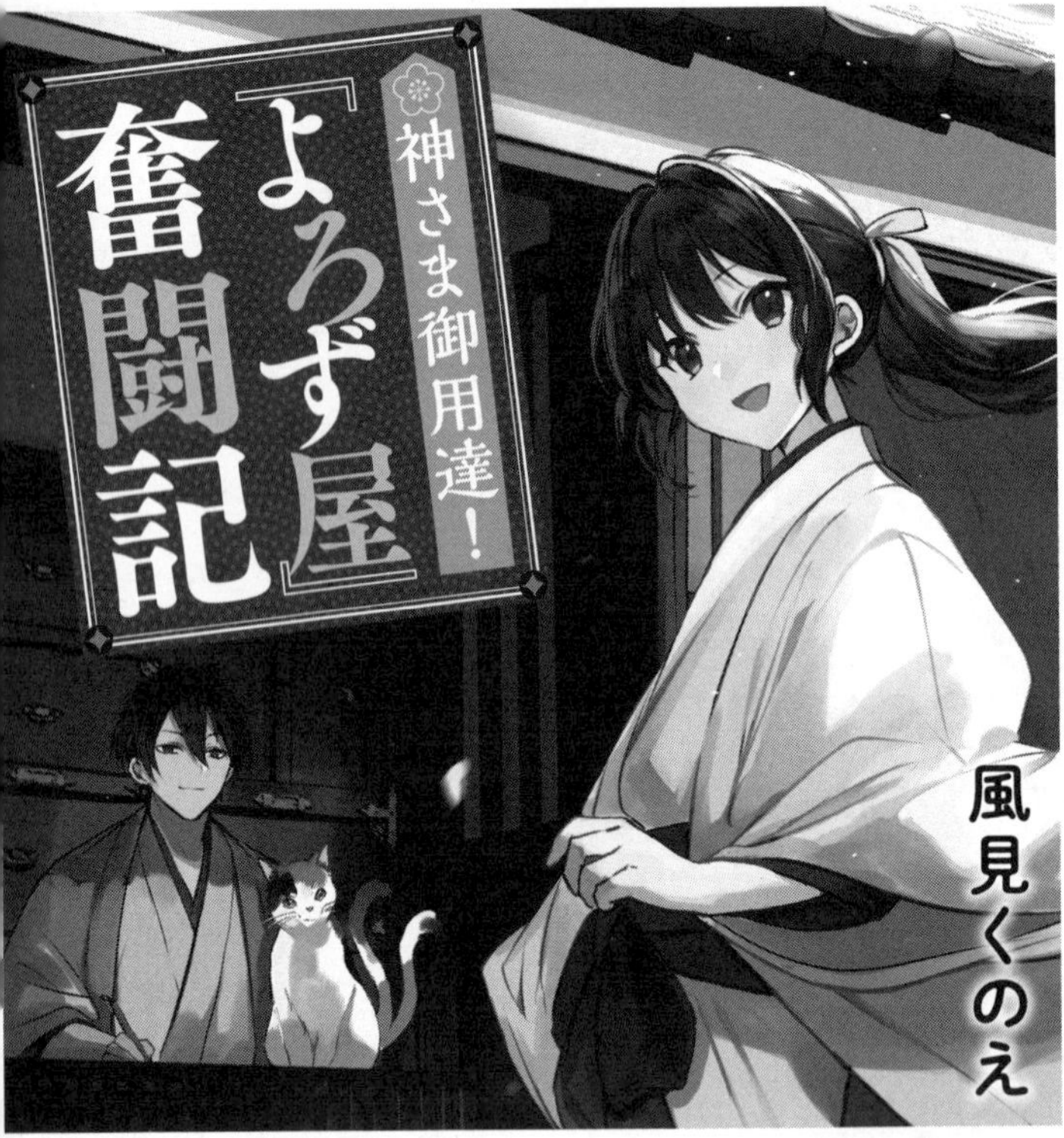

神さま御用達！
『よろず屋』奮闘記

風見くのえ

神さまの借金とりたてます！

内定していた会社が倒産して実家の神社で巫女をすることになった橘花。彼女はその血筋のお陰か、神さまたちを見て話せるという特殊能力を持っている。その才能を活かせるだろうと、祭神であるスサノオノミコトの借金の肩代わりに、神さま相手の何でも屋である「よろず屋」に住み込みで働かないかと頼まれた。仕事は、神さまたちへの借金取り!!? ところが、「よろず屋」の店主は若い男性で、橘花に対して意地悪。その上、お客である神さまたちもひと癖もふた癖もあって――

定価：726円（10%税込み）　ISBN 978-4-434-31350-9

Illustration：ボダックス

こちら鎌倉

あやかし社務所保険窓口

ayakashi syamusho hoken madoguchi

「あやかしの霊力不足、負傷…
それ、ホケンで解決します」

天狐の白銀を祀り神とする
古都鎌倉・桜霞神社の社務所にて、
あやかし専門の保険窓口を開いている、
神主の娘、紗奈。
そこで、様々なあやかしからの
相談を受けた紗奈は今日も、
食いしん坊な白銀と共に
保険調査のため鎌倉中を奔走して――
古都を舞台にあやかしたちのお悩みを解決する、
あやかし×ご当地×お仕事のほっこりストーリー！

たかつじ楓
Kaede Takatsuji

◉定価：726円（10％税込）　◉978-4-434-31153-6　◉イラスト：鳥羽雨

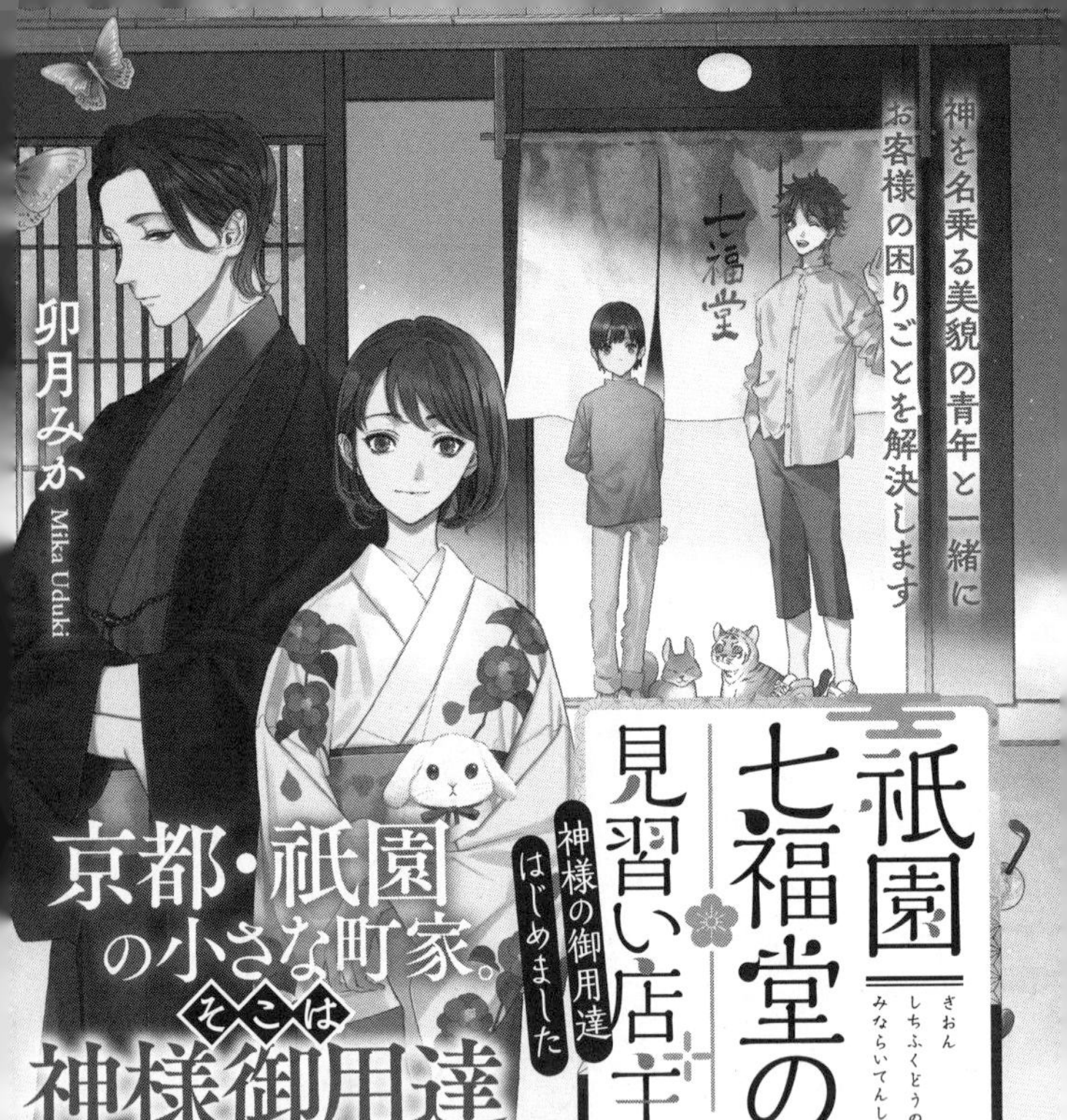
神を名乗る美貌の青年と一緒に
お客様の困りごとを解決します
七福堂
卯月みか
Mika Uduki
祇園七福堂の見習い店主
ぎおんしちふくどうのみならいてんしゅ
神様の御用達はじめました
京都・祇園の小さな町家。
そこは
神様御用達の雑貨店。

店長を務めていた雑貨屋が閉店となり、意気消沈していた真璃(まり)。ある夜、つい飲みすぎて居眠りし、電車を乗り過ごして終点の京都まで来てしまった。仕方なく、祇園(ぎおん)の祖母の家を訪ねると、そこには祖母だけでなく、七福神の恵比寿を名乗る謎の青年がいた。彼は、祖母が営む和雑貨店『七福堂(しちふくどう)』を手伝っているという。隠居を考えていた祖母に頼まれ、真璃は青年とともに店を継ぐことを決意する。けれど、いざ働きはじめてみると、『七福堂』はただの和雑貨店ではないようで――

祇園七福堂の見習い店主
京都・祇園の小さな町家。
神様御用達の雑貨店。

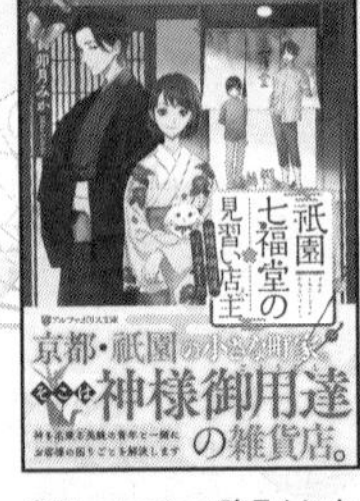

◉定価：726円（10%税込）　◉ISBN:978-4-434-30325-8　◉Illustration：睦月ムンク

著 ろいず

あやかし祓い屋の嫁入り 旦那様にします

アルファポリス
第4回
キャラ文芸大賞
優秀賞
受賞作

お家のために結婚した不器用な二人の
あやかし政略婚姻譚

一族の立て直しのためにと、本人の意思に関係なく嫁ぐことを決められていたミカサ。16歳になった彼女は、布で顔を隠した素顔も素性も分からない不思議な青年、祓い屋〈縁〉の八代目コゲツに嫁入りする。恋愛経験皆無なミカサと、家事一切をこなしてくれる旦那様との二人暮らしが始まった。珍しくコゲツが家を空けたとある夜、ミカサは人間とは思えない不審な何者かの訪問を受ける。それは応えてはいけない相手のようで……16歳×27歳の年の差夫婦のどたばた(?)婚姻譚、開幕！

定価：726円（10%税込み）　ISBN 978-4-434-30476-7

イラスト：くにみつ

この作品に対する皆様のご意見・ご感想をお待ちしております。

おハガキ・お手紙は以下の宛先にお送りください。

【宛先】

〒150-6008 東京都渋谷区恵比寿4-20-3 恵比寿ｶﾞｰﾃﾞﾝﾌﾟﾚｲｽﾀﾜｰ 8F
（株）アルファポリス　書籍感想係

メールフォームでのご意見・ご感想は右のＱＲコードから、
あるいは以下のワードで検索をかけてください。

ご感想はこちらから

アルファポリス文庫

あやかし薬膳（やくぜん）カフェ「おおかみ」２

森原すみれ（もりはら すみれ）

2023年 1月 31日初版発行

編集－宮坂剛・和多萌子・藤長ゆきの
編集長－太田鉄平
発行者－梶本雄介
発行所－株式会社アルファポリス
〒150-6008 東京都渋谷区恵比寿4-20-3 恵比寿ｶﾞｰﾃﾞﾝﾌﾟﾚｲｽﾀﾜｰ8F
TEL 03-6277-1601（営業） 03-6277-1602（編集）
URL https://www.alphapolis.co.jp/
発売元－株式会社星雲社（共同出版社・流通責任出版社）
〒112-0005 東京都文京区水道1-3-30
TEL 03-3868-3275
装丁イラスト－凪かすみ
装丁デザイン－モンマ蚕（ムシカゴグラフィクス）
印刷－中央精版印刷株式会社

価格はカバーに表示されてあります。
落丁乱丁の場合はアルファポリスまでご連絡ください。
送料は小社負担でお取り替えします。
©Sumire Morihara 2023.Printed in Japan
ISBN978-4-434-31496-4 C0193